大阪の俳人たち　6

大阪俳句史研究会叢書

大阪俳句史研究会　編

上方文庫

序

このたび『大阪の俳人たち 6』が刊行される運びとなりました。はじめに執筆にあたられた方、資料提供をいただいた方々に心からお礼を申し上げます。『大阪の俳人たち 1』が刊行されたのは一九八九年（平成元年）のことですから、十六年の年月をかけて六巻を刊行したことになります。これは「大阪を中心とする関西の俳句史を掘り起こし、その資料を誤りなく保存することを目的に発足した大阪俳句史研究会」の地道な研究の積み上げの所産であると思います。これまで採り上げられてきた作家は五十二名にのぼっていますが、これで十分だというわけにはいきません。明治時代から昭和の終わりまで、関西において活躍した物故俳人で取り上げるべき作家はまだまだ多いはずです。時期を逸すると資料の散逸を招いたり、語り部的存在の俳人を失うことにもなりかねません。『大阪の俳人たち 5』が刊行されてからこのたびの刊行まで約七年の年月がかかっています。今後少しピッチをあげて、『大阪の俳人たち 7』の刊行を目指したいと思っています。本書を多くの方々にお広めくださるようお願いいたします。

平成十七年三月

大阪俳句史研究会代表理事　茨　木　和　生

目次

序　茨木和生
金子せん女（明治12年5月?日〜昭和19年10月25日）……松岡ひでたか……一
岩木躑躅（明治14年7月26日〜昭和46年11月4日）……北原洋一郎……二七
亀田小蛄（明治18年8月11日〜昭和42年2月12日）……和田克司……五一
芹田鳳車（明治18年10月28日〜昭和29年6月11日）……わたなべじゅんこ……七五
平畑静塔（明治38年7月5日〜平成9年9月11日）……四ツ谷龍……九五
大橋宵火（明治41年12月1日〜平成14年9月25日）……安部和子……一二一
堀　葦男（大正5年6月10日〜平成5年4月22日）……山本千之……一四五
丸山海道（大正13年4月17日〜平成11年4月30日）……豊田都峰……一七一
執筆者紹介……一九五

金子せん女

ありなしの客に火桶や梅の茶屋

（季節・春／季語・梅）
（「ホトトギス」大正13年5月号／『夏草』）

炎天を来て止りけり腕時計

（季節・夏／季語・炎天）
（「水明」昭和10年10月号）

松を渡る風に無月の柱哉

（季節・秋／季語・無月）
（「水明」昭和6年12月号／『夏草』）

雪の日の須磨のほとりの古簾

（季節・冬／季語・雪）
（「水明」昭和6年5月号／『夏草』）

藩邸に鯛十疋やお買初

（季節・新年／季語・買初）
（「ホトトギス」大正6年2月号）

金子《かねこ》せん女《じょ》　本名・徳。旧姓・傍士。一八七九（明治十二）年、高知に生まれる。一九〇〇（明治三十三）年、後の鈴木商店の大番頭、金子直吉と結婚。三男二女をなす。一九一五（大正四）年、俳句をはじめる。「ホトトギス」の「婦人十句集」に投句をするも、筆跡から、虚子に男性であるとの嫌疑を受ける。翌年、長谷川かな女を訪問。長谷川零餘子、かな女の指導を受ける。「ホトトギス」の「婦人十句集」「台所雑詠」「家庭雑詠」で活躍する。「ホトトギス」のほか、零餘子に師事し、「天の川」「電気と文芸」「枯野」に拠る。零餘子の死去により「枯野」が廃刊となった後は、「ぬかご」を経て、かな女主宰の「水明」に拠り、代表作家となる。一九三一（昭和六）年、「ホトトギス」を離脱。一九三三（昭和八）年、句集『夏草』を刊行。一九四四（昭和十九）年、東京の次男金子武蔵居において没。俳句のほか、日本画、人形製作にも長じていた。

一、金子直吉の妻

金子直吉は鈴木商店の金子直吉である。と同時に、鈴木商店は金子直吉の鈴木商店でもあった。

金子直吉は、慶応二年に高知県吾川郡名野川村に生まれた。金子家は、元亀天正の頃、伊予国新居浜近くの橘江城主、金子備後守元宅にはじまる。直吉は、明治四年に高知市に移り住み、砂糖屋や乾物商で働いた後、明治十三年、十四歳で質商傍士《ほうじ》久万次《くまじ》に雇われている。直吉が、神戸に出て、鈴木商店に就職したのは、明治十九年のことである。これには、傍士久万次らの推薦があった。当時の鈴木商店は、砂糖や石油を扱う小貿易商にすぎなかったが、当主岩治郎が亡くなった明治二十七年以後、夫人の鈴木よねが継ぎ、直吉は、その下で大番頭となって、経営を任される。そして、天性ともいえる勘と先見性、分析力等々を遺憾なく発揮して、鈴木商店を超大企業に育てるのである。大正六年には、三井物産を抜いて、年商十五億円を超える日本一の総合商社となった。直吉が大番頭に就いたころの年商が五百万円ほどであったというから、二十五年足らずの間に、実に三百倍に発展させたのである。

昭和二年には、鈴木商店は、倒産することになり、その原因については、経営学等の観点から分析がなされているが、直吉の異才ぶりは一様に評価されているところである。

この異才には、逸話も多い。そのひとつを紹介する。直吉は、いつも仕事のことで頭がいっぱいであった。ある時、帰宅途中、電車の中でひとりの婦人がお辞儀をした。直吉は、誰かと思いつつも、それ以上は気にもかけず、家路を急いだ。その婦人も、同じ道をついて来る。直吉が家に入ると、その婦人も入って来る。よく見ると、妻であったというのである。

この妻は、徳といった。金子せん女である。

せん女は、明治十二年五月、高知の傍士家に生まれた。直吉が勤めた傍士久万次の三女としてである。傍士家は、平家の落武者で、土佐に住み着いたといわれている。傍士家の祖先は、魚梁瀬《やなせ》（現・馬路村）で生活していたが、徳の祖父である嘉市が、明治の初期に、土佐の安芸にある井ノ口村から高知市に移住して来たといわれている。『角川日本地名大辞典39高知県』の「魚梁瀬」の項に、「壇ノ浦で敗れ、当地へ逃れてきた平能登守教盛の子孫は門脇氏を称したといい、その家来たちを中心に当村が栄えたと伝える（馬路村史）」とあり、傍士家は「その家来たち」のひとつであったのであろう。

徳は、直吉との間に五人の子をなした。長男文蔵（明治三十四年生）、次男武蔵（明治三十八年生）、長女常子（明治三十九年生）、三男猪一（明治四十四年生）、次女須磨子（明治四十五年生）である。

二、俳句をはじめる

せん女が、いつ頃から俳句を始めたか。それは、かな女がせん女と初めて会ったときの様子を記した「せん女様をお迎へして」（「ホトトギス」大正五年十一月号）の中に、せん女自らの言葉として「句を作りはじめましたのは昨年からでござります」とある。「昨年」、つまり、大正四年からということになる。三十七歳と、遅い出立であった。

俳句をはじめた効用などについて、せん女は、かな女に、

私は俳句を致すやうになりましてから、気が軽うなりまして近頃は淋しい事も何もなくなりましてござります。私が淋しうないと申しますと皆が、仙人婆さんの変り者のと申します。病気のおかげで私は楽をさせて貰つて居りますから俳句をお友達として、あちらこちら見たり遊んだりして居ります。文芸にも色々ござりますが私共には俳句が一番よろしう存じて居ります。ホトヽギスは子規居士のお出での頃から拝見して居りますが、句を作りはじめましたのは昨年からでござります。折々は床につく事がござりますが其時は其時で句を考へたりして居りますと、つらい事も何もござりません。痛いとかつらいとかさういふ時がござりますと、子規先生の御苦痛はまだ〴〵と存じますと楽にござります。

と言っている。

城山三郎は、『鼠――鈴木商店焼打ち事件――』に、「仕事一途で妻を顧みようともしない直吉。徳は、俳句をつくって自らを慰めた」と書いているが、それに加えて病気によるものもあったのであろう。

三、偽女性嫌疑事件

当時、せん女は、「ホトトギス」の「女流十句集」に投句をしていた。「女流十句集」は、一般に「婦人十句集」ともいわれているが、本稿では、「女流十句集」の呼称を用いる。

虚子が、これを始めたのは、「ホトトギス」大正二年六月号である。虚子は、その動機について、同号に「私は此頃、自分の妻子の物事につき自分と趣味の隔絶してゐることを憤る前に、之に趣味教育を施すのを忘れてゐたことを思はずにはゐられ無い。何も教育せずに置いて憤られ見離される妻子は災難である。私は取敢へず自分の妻子に俳句を作らせて見ることに思ひ至つた」という。続いて「其は直ぐに一般の女子に俳句を勧める信念と勇気とを呼び起すのであつた」とし、「総勢十二人、其が新に十句集を始めることゝなつた」と書いている。

虚子は、この会に男性が入ることを極度に警戒していた。第一回の「つゝじ十句集」の後に、「新たに此仲間に加はり度いと思はるゝ女流は前記現在会員若しくは私の紹介を必用とするといふ事に内規を定めて置く。これは男子が女子の仮面を被つて此の真面目な企てを攪乱することを恐れる為めである」と明記している。また、「ホトトギス」大正五年十月号には「従来婦人十句集に投句してゐる人のうちで男子ではないかといふやうな疑を起さす人が一二あつた。そこで真に婦人であることをホトトギス発行所で明かにしない人は、残念ながら当分十句集から除くことにして置く。それ等の人、並びに新しく十句集に加はりたい人は、何等かの方法でまことの婦人であることを証明するやうにして貰ひたい」と、さらに念を押している。その結果、女性であるにもかかわらず男性であるとの嫌疑をかけられた人がいた。金子せん女がその人である。

「ホトトギス」の大正五年十一月号に、かな女の「せん女様をお迎へして」という文章が掲載されているが、それは、「「おせんは女であつたと虚子先生におつしやつてお置き下さい」と繰り返してお言ひになつてせん女様は須磨へお帰りになりました」ではじまる。かな女は、今、目の前にいるせん女を、虚子が、男性であると思っている女性であることを知っていた。それを告げるべきかどうか、かな女は迷う。やがて、意を決して告げた。すると、「せん女様は声をあげてお笑ひになりました」。かな女も「私も御一緒に笑ひました」。せん女は、かな女に「ともかくおせんは女であつたと、先生に貴女保証なすつて下さい」と「漸く笑の間からこれだけ」を言ったという。

この〝偽女性嫌疑事件〟ともいうべき話は、現在に至るまで、随所で語られることになる。「金子せん女」といえば、まず、この〝事件〟においてのみ記憶されているといってもいい状態である。

せん女は、かな女と会ったことによって、「偽女性」であるとの、虚子の嫌疑は解けた。虚子は、「女流十句集」に続いて、婦人俳句会、「台所雑詠」、「家庭雑詠」、「主婦十二時」と、次々に女性のための欄を新設していく。その傍ら、女性による文章も数多く掲載する。積極的に女性の登用を図ったのである。せん女は、この方策にしたがった形での活躍がめだって来る。

四、零餘子の膝下に

(1) 勉強会

せん女が、初めて訪問したかな女居にいる時に、丁度、零餘子が帰って来た。零餘子にせん女を紹介したかな女は、「その夜から俳句講話が始まつた」(「せん女様をお迎へして」「ホトトギス」大正五年十一月号)という。以来、上京のたびに、せん女は、机を挾んで零餘子に向かいあったのである。具体的には、「丁度ホトヽギス雑詠集の第一輯が発刊されて間もないことであつたのでその集を材料にして、輯載されてゐる一句々々の解釈に作法上の益になるやうな私見を交へてお話し」する方法を採った。「大きな火鉢を囲んで、一冊の句集に眼を晒して、これといふ世上の話を交へるのでもなければ、婦人につきまとふ装飾の話が出るのでもない。といつて私の話に疑義を挾まれるのでもない。山の中のお寺か何かで修行してゐるのでもあるやうに、静かにぽつり〳〵と言ひ出すことをよく辛棒強く聞かれたものだ。大抵の人なら二日とは続くまいことを、毎日仕事のやうに始まる。これは根気仕事だ。お互に辛棒くらべであるとさへ思つた」と驚嘆している。そして、「いよ〳〵、退京されるといふ前夜、これは頂戴して参りますといつて、たゞ一冊虚子先生から戴いた「雑詠集」を袱紗に包んで終はれた」(「新らしき俳句の道」「枯野」大正十三年一月号)という。呆気にとられている零餘子である。

零餘子は、せん女の素性を知らずにいた。鈴木商店の金子直吉といえば誰も知らない者はいない時代のことである。せん女は、自ら、そのようなことを喧伝する女性ではなかったのである。

(2) 「天の川」

せん女は「天の川」にも投句していた。「天の川」は、大正七年七月に吉岡禪寺洞が創刊し、雑詠選は零餘子が担当していた。「雑詠」欄は、第四号からは「天の川俳句」と呼ばれる。
そこには、せん女の、次の作品が採られている。

花片漂ふ清水に至る山雨かな
詣で来て清水に軽き安堵かな
病後歩めば若葉に透きし皮膚白し
薔薇の香にふと目醒めてよせし薬瓶

また、大正八年一月号では、巻頭を占めてもいる。

傴僂となりし娘《こ》の髪結ふや秋の雨
忌に捧ぐ灯に秋の蚊の足長し
障子開けて冬木に鳥の暫しかな
暮れ残るコスモスに女客《ひと》の笑凹見し

遠　足

みち狭まりて列ぐづす堤や赤蜻蛉

である。翌月は、第四席、翌々月は次席と好成績を続けている。

(3)　零餘子の期待

零餘子は、「天の川」大正九年四月号に「金子せん女さんの俳句」という一文を寄せている。俳人せん女について書かれた初めての纏まった論評である。それは、「金子せん女さんの俳句がうまくなつて来た」で始まり「せん女さんの俳句がこれからどう進んで行くかそれはわからぬ。兎に角一転機に遭遇したのを喜ぶ」で締められているものであるが、せん女の転機を捉えたものとして重要である。そこで、零餘子は、せん女の句の最近の傾向として、「想を内側へ運んで行つて静かに自然を眺めるといふやうな態度のものが数を増して来た」と言っている。これまでのせん女の句について、「せん女さんは此れまでも沢山作られ、又作る事に全力を挙げてゐた。それ等の句には宜いのもあつた。けれども大半は想の浅い、調子の低い句許りに逢着して失望して居た」と言う。せん女の句境の向上は、零餘子にとって余程うれしかったのであろう、「今度せん女さんの句稿を閲読すると今までとは打つてかはつたかのやうに俳句に光りが伴つて来た。私は目を峙てゝ一句一句を読んで行くうちに喜びの感にうたれて涙のにじみ出るのを覚えた」と続けている。そして、「せん女さんの俳句が今迄の形骸をぬぎすてゝ心の内側に這入り込み、自然を写す妙味をやゝ解し得たやうである。其等の俳句にはせん女さんの優しみ、温か味が加はつてゐる、さうして音調が高く、穏やかである最早前日のやうに弱々しかつた痕が大変に消えて来た。せん女さんは此の一転機に逢つてこれからどう進むか。一番大切なのは此の頓悟である」とする。師としての温情に溢れた一文である。具体的に、

短日や痛みかくして厨妻
冬日沈めて傾ける厨障子かな
冬女紅おしろいもなかりけり
初竈次々に燃え盛りけり

など十二句をあげて、「此等の句には内輪に内輪にと思ひを潜めて行かうとする女性にあつて強いひ

らめきであらうけれども、せん女の性質の温かい心根がよく現はされてゐる。自然の描写にも無技巧の中に穏やかな傾きが出てゐる。せん女さんの俳句はどこ迄も穏やかであつて、鋭い感じとか強烈な熱はつき纏はない」と、せん女の俳句の特徴を指摘する。そして、「これを久女さんに比べたならば余程違ふ」と久女との比較に及び、「久女さんは強い色彩、鋭い感じに触れるものでなければ久女さんの神経の刺の尖は顫へないのである」とする。せん女を久女と比べている点にも注目しておきたい。

しかし、やがて、せん女は「天の川」を離れることになる。それは、零餘子が同誌の選者を辞退したことにしたがったものである。

(4) 「枯野」の創刊から廃刊へ

長谷川零餘子が、「枯野」を創刊するのは大正十年十月のことである。零餘子俳句の出立であった。当然に、せん女も加わっている。「枯野」においても、「枯野婦人十句集」が設けられた。せん女は、雑詠のほか、この欄でも存分に活躍する。せん女は、当季雑詠選者にもなっている。当季雑詠選者は、十二名いて、他には、内藤鳴雪、岡本松濱、飯田蛇笏、室積徂春、関本梁村、石田雨圃子、木村子瓢、岩谷孔雀、開原冬草、長谷川かな女、阿部みどり女が就いている。

五、かな女とともに

(1)「ぬかご」を経て「水明」へ

「枯野」は、零餘子の急逝により、「ぬかご」と改題され、続刊される。水野六山人選と長谷川かな女選と雑詠欄がふたつ設けられていたが、やがてそのふたつが派のようになり、対立するに至る。かな女は、「水明」を創刊し、「ぬかご」の選者を辞退することになる。そのことを告げるかな女の「御挨拶」が掲載されるのは、「ぬかご」昭和五年十二月号である。せん女は、かな女と行動をともにし、「水明」に拠ることとなった。

ここで、せん女の拠った俳誌を見てみると次のようになる。(次頁の表参照)

「ホトトギス」　大正四年〜昭和六年
「天の川」　大正七年〜大正十年
「枯野」　大正十年〜昭和三年
「ぬかご」　昭和三年〜昭和五年
「水明」　昭和五年〜昭和十八年

俳誌は変わっても、変わっていない一貫したものがある。それは、かな女との共同行動である。か

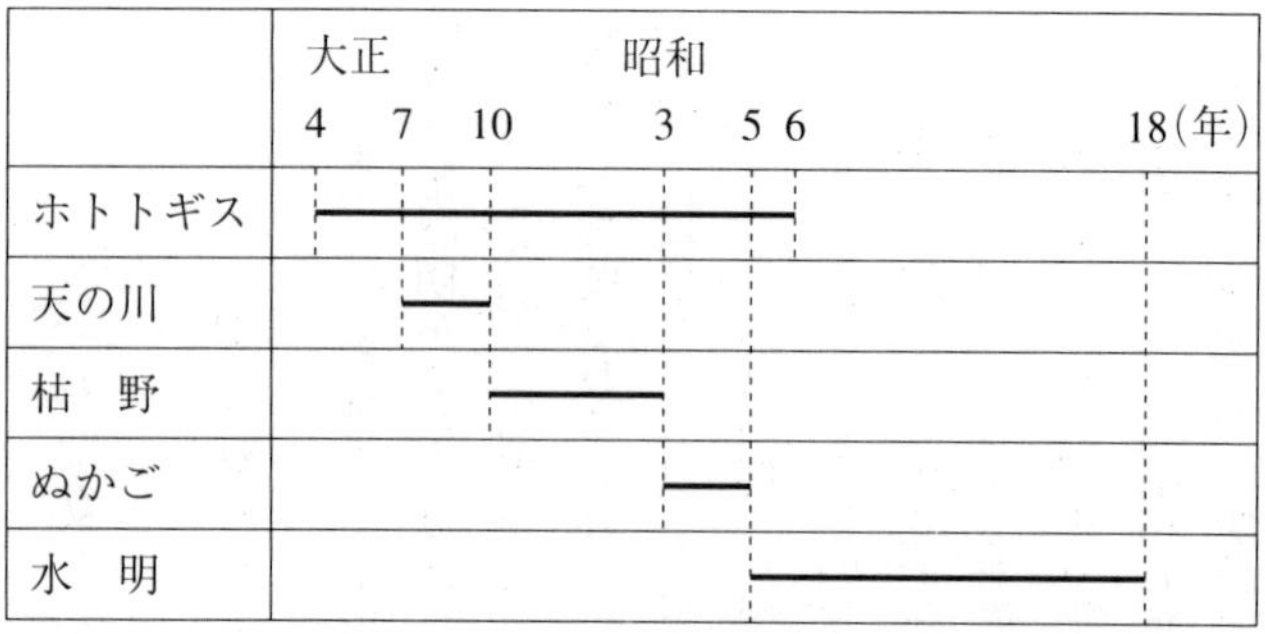

な女は、明治二十年十月二十二日生まれで、せん女より八歳年下である。先に見たとおり、せん女が、最初に訪ねた俳人は、かな女であったし、その後も変わることのない交流が続けられていた。せん女は、かな女を「妹」と呼んでもいた。俳句を縁とはしながらも、それを超えた深い思いで貫かれていたのである。また、かな女は、せん女を人生の恩人と認識していた。

かな女の『続小雪』は、昭和四十三年十一月の発行である。『小雪』に次ぐ自伝随筆集であるが、そこに「友はみな恩人」がある。ここに、せん女についての思いのすべてが語られているように思う。それは、かな女にとっての遺言的な響きすら感じられる。その一部を次に引く。

　三男二女の母であって、直吉さんからお子さんの教育はすっかり任かされていた。一家の経済はもとよりである。八釜し屋で有名だった鈴木よね社長にも気に入られ、本家出仕には襷持参で社員の奥様達を先導し、旅行のお供は必ず金子夫人と決っていた。よね社長の朝の目覚めまでに、ハンカチや足袋を洗って乾かしてアイロンを掛けて置く。自分の身仕舞はもとより調えて置かねばならない。米騒動の際はよね社長を守って厳島へ逃れ、岩惣に一ヶ月程身を潜めていたという史上に残る経験の持ち主でもあった。現在長男は神戸に在り三男は死亡し、次男の武蔵氏が東大教授であって西田幾太郎《ママ》の令嬢を夫人としていられる。せん女さんとわたくしの縁は俳句に繋がるのだが、一年のうちの半分位は、わたくしとせん女さんは一緒に暮した。直吉氏が東京の居を赤坂檜町に構えていた間は、せん女さんも檜町の家に住まわれたが、その後はわたくしの家に滞在していられる方が多かった。西沢笛畝画伯に人形作りの指導を受けていられた関係でもあったろう。両肺が蝕ばまれ、腸にも疾患があって、家庭その他の煩雑さから遠ざかり、療養の長い期間を経て、漸く平常な日々を送るようになられたのだった。わたくしの家は小学五年生の男の子と美智という女性で亡夫の生前から家事の手助い《ママ》に来ている人、三人の家族の中にせん女さんはわれわれの芯となり、時には先生のような存在でもあった。随分多勢の女性とおつきあいをして来たが、せん女さんほど博識で、善悪の判断をきっぱり付け、自分の意見を述べる女性は見なかった。どういう訳か、これが前世の縁とでもいうのか、須磨のお家から上京されると、浦和に滞留して狭い一と間で人形作りに余念のない日々を送って居られた。わが家のものは皆せん女さんを尊敬した。俳句の席では自分の方が先輩だったが、他の諸事、女のすべき裁縫、料理、育児、人の世話、交際等々凡そ女性として出来ないことはなかった。世間知らずの女が母を失い、続いて夫に死別した後、せん女さんはわたくしの教育係であったと、感謝している。せん女さんは亡夫零餘子に俳句を学ばれたのを徳として、わたくしが世間を渡る水先案内をして下さったのであろう。

というものである。

(2)「水明」での活躍

「水明」の昭和六年一月号には、課題句の選者の発表があり、せん女はその十一人の中に名を連ねている。また、雑詠以外にも作品発表の場が与えられている。例えば、「水明」昭和六年一月号でも、「小春草」と題した五句を枠取りで、三月号には、「寒の旅」二十三句を一挙発表してもいる。同号には、新たに「家庭俳句」欄を新設することとし、その選をせん女が担当する旨の発表がある。

また、昭和十三年には、「水明」で短冊頒布会を開いているが、せん女の作品もその対象にあがっている。正に、「水明」の重鎮としての位置を確保しているのである。

かな女の旅には、必ずと言っていいほど同道している。かな女との信頼関係があったのは、勿論であるが、句作力の確実な上達もあったからに違いない。

六、句集『夏草』

せん女の第一句集にして、唯一の句集となった『夏草』が上梓されるのは、昭和八年十二月のことである。この句集は、大変好評であった。二週間ほどで、第一刷は、売り切れとなり、「絶版として印刷したのであったが再び活字を拾つて組直すことになつた、近く再版物を発売する準備を只今やりつゝある。私の驚異の一つである」と書いているのは、澤本知水である（「水明」昭和九年三月号「雪と猪——句集『夏草』出版記念会」）。

後のことになるが、永田耕衣は、『夏草』について、「『夏草』は、近代俳句の原本的な俳諧趣味が、自然と人生のどんな部分を攻めていたか、それを私にいろいろと教えてくれた」と評し、

酒の粕に手影落して焼きにけり　（大正十年）
夏草におり来し露や闇に知る　（大正十四年）
よしあしの沙汰気にならず置炬燵　（昭和二年）
零餘子忌今年も雨でありにけり　（昭和六年）
夏草や温泉の錆なめて乾く舌　（昭和八年）
生きのびる心に生きぬ秋の風
夏草や情死ありたる一の谷　（大正十三年）

など十一句を抽出している。（「琴座」昭和四十年四月号「『夏草』を読む——金子せん女句集——」）

七、その為人

せん女の為人が現れていると思われる挿話をふたつ紹介しておこう。

ひとつは、その気位の程を示すものである。「水明」の作家で、せん女と並び称せられる女性俳人のひとりに神野三巴女がいた。三巴女は、本名を豊子といい、大木伯爵家から神野金之助に嫁いだ。大木家は、佐賀藩士であったが、豊子の父喬任は、明治新政府において民部卿、文部卿、司法卿のほか元老院の議長も務め、明治十七年七月に伯爵を授けられた。その後も、枢密院議長、第一次松方内閣の文部大臣も歴任している。その子遠吉、つまり豊子の兄も原内閣、高橋内閣の司法大臣、加藤友三郎内閣の鉄道大臣を務めている。三巴女が嫁いだ神野家は、名古屋でも有数の家柄であった。『角川日本姓氏歴史人物大辞典23愛知県』は、三巴女の夫神野金之助について、「この地の農家に生まれ、企業家として成功した人に名古屋に出て紅葉屋を相続し、ラシャ・時計・石油など明治初期の新しい輸入品を横浜から仕入れ、販売した富田重助、豊橋神野新田の開発に成功し、名古屋鉄道など中部地方の各会社を育てた神野金之助の兄弟がいた。金之助は池沼、浅海の埋立てを行い名古屋近郊や三河において広大な耕地を開発したが、これは、このあたりの地が輪中地帯であり、沼沢地が多いのでその扱いに慣れていたことにもよるものであろうか」としている。

かな女が、せん女と、三巴女の三渓荘を訪ねた昭和六年七月のことである。「食堂へ出る前に三巴女さんが化粧室に導いて「お髪を直していらっしゃい」とわたくしに言われる。せん女さんと並んで映ったところを見ると、自分よりもせん女さんの髪の方がそそけていた。それでもせん女さんは櫛を取らなかった。わたくしは正直に後れ毛をなでつけて食堂へ出た」のである。さらに、「その後せん女さんと旅行をして食事になろうとすると、「髪をきれいにしていらっしゃい」と、皮肉な微笑で言われるのに閉口した」（長谷川かな女『小雪』）という。

今ひとつは、後の「須磨千鳥」主宰永田竹の春に関してである。竹の春が、平成二年に上梓した句集『夏野』の「あとがき」によると、大正六年頃、竹の春は、体調が悪くなり、医師の診察を受けた。肺結核第三期とのことで、絶対安静を命じられた。体力は低下するし、自殺も考えたという。そんな折、偶然、「ホトトギス」の例会で紹介されたことのあるせん女から病状を尋ねられ、竹の春は心境を打ち明けた。すると、せん女は翌日、わざわざ、竹の春の家を訪ね、「空気の悪い東京を離れて、空気の良い須磨に来て養生なさい。私の家には小学生の子供も居るから、その家庭教師になってゆっくりと養生なさったらどうですか」と竹の春の母や祖母に話しかけたというのである。竹の春は勿論、その母や祖母も泣いて喜び、せん女の好意を受けることにした。竹の春は、「大正八年八月七日夕刻、私は病弱の身で新橋から汽車に乗り込み、翌日正午須磨一の谷の金子直吉邸に着いたのである」と記している。この、時刻まで記す記事の克明さは、竹の春のせん女に対する感謝の思いの深さでもある。

竹の春は、金子邸で、神戸の元町から来てくれる鈴木商店専属の医師達の治療を受け、やがて、完治するのである。竹の春の家庭教師の相手である三男猪一は、当時八歳であった。

八、忘れられるせん女

せん女が倒れたのは、昭和十八年七月二十五日頃である。そのころ、せん女は、浦和に住んでいた。次女須磨子一家と一緒にである。「せん女さんは相変らず御自分の部屋で人形をつくっていられた。西沢笛畝画伯に指導をうけていられたのだった。六畳ほどの一室を母屋の縁つづきに建て増し、好みの調度を置いて人形をつくる刀を一日中動かしていられるとき、如何にも幸福そうであった。句会もわたくしの出るところには皆出席された。途中で新らしい野菜などを見かけると手に余るほど買って帰られるようになられた」（長谷川かな女『小雪』）というような生活をしていた。かな女は、続けて、倒れた時の様子を記す。「そのせん女さんが外出して帰って風呂場で発病された。半身不随の上に言語不能で声は出されるが言葉にならない。昏酔から醒めてもせん女さんはすっかり変って仕舞った。昨日までのせん女さんではない。せん女さんは生きていられないのと同じであった。毎日別所のお家へ通ったが、わたくしの顔は覚えていられるのだ。何か訴えられる容子を見ても解ってあげられず、実に情なかった。俳句のお仲間が交る交る畑のものや手製のパンを届けに来て下さる中で西瓜が気に入り、他のものを持ってゆくと、いやいやをされる」のであったという。

せん女にやや回復の兆しが見られるようになった時、須磨子の夫で、日本出版文化協会常務理事をしていた田中四郎が、急に辞め、大阪へ引き揚げることになり、せん女は、次男の武蔵のところに引き取られていった。せん女が没したのは、昭和十九年十月二十五日、武蔵居においてであった。

せん女は、没後、速い速度で忘れ去られていった。その原因と思われるいくつかをあげておこう。

一つには、せん女が亡くなったのが昭和十九年十月二十五日という太平洋戦争の後半期であったことである。この時期、「水明」も休刊を余儀なくされ、せん女の追悼号もその生涯を総括するような論文も現れなかった。せん女の逝去が細々と語られはじめたころ、すでに戦後であり、社会体制は大きく変わっていた。戦前の有産階級にあったせん女は、敗戦とともに忘れられる運命にあったのかもしれない。

二つ目には、せん女の作品が、日本が、十五年戦争に突入してから、急速に〝戦時色〟を濃くしていったことがあげられる。「水明」に掲載されたものを見ても、

無敵海軍旗燦たり冬の太平洋　（昭和十七年一月号）
戦果赫々たり初雪の皇土盛なり
皇道精神説く人老いず秋の館
世界史飾る雪の如月十五日　（昭和十七年三月号）
聖恩無窮只涙して梅に生く　（昭和十七年六月号）

などがある。あまりにも世相を素直に反映したものと言わざるを得ない。これらがせん女の最晩年の作品であることは、誠に痛々しい。もしも、戦後にまで、その生を延ばすことができ、戦中の諸々の柵から解放されていたならば、せん女は、元のせん女に戻り、対象に眼を凝らした優れた作品を作ったのではないか。しかし、そのような機会はせん女には与えられなかったのである。

ただ、「水明」昭和十八年七月号の「七月作品」に掲載されている

梅雨の星飯焼く人を覗き消ゆ
梅雨の星伊香保八景かくしけり
梅雨の星明日を楽しみ飯を焼く
梅雨の星かくれし欄を越す瀬音
梅雨の星山雨誘ひて見えかくれ

など「梅雨」五句が、せん女の作品の最後であることに、少しは救われる思いがする。

三つには、せん女が、主宰誌をもたなかったことも、忘れられた原因のひとつにあげていいだろう。

では、なぜ、せん女は主宰誌をもたなかったのかについてであるが、一つには、病弱であり、健康面

で、俳誌を主宰するに耐えられなかったであろうことは考えられる。また、俳人としての出立が遅かったことも加えられよう。私は、それらに加えて、せん女が、かな女の俳句観をそのまま受け容れたことが大きいと見る。かな女は、「水明」十三年八月号の座談会「水明の婦人作家を語る」において、「私の理想は一人の傑出した作家を出すより澤山の人に作つてもらひたい事です。水明全体の建前としては傑出した作家を欲しいのですが、この日本の婦人の中で一人の偉い作家より、十人、百人と俳句を作る御婦人を一人でも多く出したいのが私の理想なので」す、と言っている。かな女の俳句観を簡明に現したものであるが、そこには、一誌を主宰するという面の現れる余地はない。せん女は、それをそのまま、真っ正面から受け容れたのである。

四つには、特に、杉田久女との比較においてであるが、せん女の生涯にはドラマ性がなかった。せん女の生涯を特徴づけるものをあげるとすれば、それは、生活環境の大きな変化と病気でしかない。これなども、せん女を人々の記憶から消し去る方向に作用したのではないか。

五つ目としては、鈴木商店の金子直吉の妻であるという点である。城山三郎が『鼠――鈴木商店焼打ち事件――』を発表するのは、「文学界」の昭和三十九年十月号からである。それまでは、金子直吉も鈴木商店も、まるで悪玉であるかのような誤解が一般化していた。それを訂正するには、少なくとも、この時まで待たなければならなかった。このことも原因のひとつに加えるべきだと思う。

さらに、せん女が決定的な一句をなし得なかったことも加えてもよい。

かくして、せん女は、例の「偽女性嫌疑事件」においてのみ記憶され、語られるだけになってしまったのである。

九、おわりに

歴史は意思をもつものであるとつくづく思う。例えば、城山三郎の『鼠――鈴木商店焼打ち事件――』の執筆がもう五年遅かったら、〝鈴木商店悪玉説〟は定着してしまい、覆されることはなかったであろう。また、柳田國男の誕生が、もう十年遅れていたら、日本の民俗資料の採集は不可能になっていたに違いない。いずれも、必要な時に、必要な人物を配した、正しく歴史の粋な計らいであったと思われる。そのような点からすると、金子せん女には、そのような歴史の配慮が注がれなかった。もう十年でも、五年でも早く、せん女についての調査が始められていたら、もっと生き生きとした証言が得られたであろうに、その機会は失われてしまった。せん女の不幸はここに極まったとの思いが強い。

著書
金子せん女句集『夏草』

参考文献
『金子直吉伝』
長谷川かな女著『小雪』
長谷川かな女著『続小雪』
城山三郎著『鼠――鈴木商店焼打ち事件――』
永田竹の春句集『夏野』
『角川日本地名大辞典39高知県』
『角川日本姓氏歴史人物大辞典23愛知県』
俳誌
「ホトトギス」
「枯野」
「天の川」
「ぬかご」
「水明」
「琴座」

（松岡ひでたか）

岩木躑躅

君還るなかれ燈下の桜餅
（『虚子選年尾選 躑躅句集』昭和55年刊）

懐に白紙一帖更衣
（『虚子選年尾選 躑躅句集』昭和55年刊）

帰省子の次男の奴が赤ふどし
（『虚子選年尾選 躑躅句集』昭和55年刊）

子規忌にも参れぬ由を二三行
（『虚子選年尾選 躑躅句集』昭和55年刊）

吾れの在る限り千鳥の淡路島
（『虚子選年尾選 躑躅句集』昭和55年刊）

岩木躑躅《いわきつつじ》　明治十四年七月二十六日、淡路島の兵庫県津名郡津名町生まれ。本名喜市。接骨医。

　明治三十一年、神戸中学をへて東京の済生学舎に入学、その在学中に俳句と出会い、同三十四、五年ごろ、高浜虚子に入門。西山泊雲、野村泊月、田中王城とともに虚子門の若き四天王と呼ばれた。

　明治三十九年、神戸に帰って家業を継ぐ。

　大正二年十月「ホトトギス」雑詠に初入選。同六年六月、虚子の雑詠評『進むべき俳句の道』に登場し、同八年二月には念願の雑詠初巻頭。以後、巻頭は九回をかぞえる。

　昭和二十六年十一月、兵庫県文化賞を受賞。

　同三十四年四月、虚子の葬儀に際し同門の最長老として弔辞を述べた。

　同四十六年十一月四日、肺炎のため死去。享年九十。

一、生まれ在所　摩耶《まや》

岩木躑躅は明治十四年七月二十六日、淡路島（兵庫県）の津名郡津名町野田尾摩耶《のたおまや》に、父猪之吉、母ふさの長男として生まれた。本名は喜市《きいち》。生地の摩耶は、標高三百六十メートルの摩耶山の頂上から少し下ったところにある集落である。そこには二十五、六戸の人家が点在していた。

父の猪之吉は、淡路に発達した独特の接骨治療術の術者、今でいう接骨医であった。土地の名をとって「まや術」と呼ばれたその治療術は、躑躅の曾祖父・喜平がその創始者であった。「神秘の妙術」としてその評判は高く、神戸、和歌山、四国からもはるばる治療を受けに来る患者があったという。

喜平のあとは躑躅の祖父にあたる亀太郎が二代目を継ぎ、三代目は父の猪之吉が継いだが、二代亀太郎に弟が多く、彼らが分家するなどして、それぞれが「まや術」を名乗って開業したため、山上にある本家の方は患者が激減してしまった。生来酒好きだった猪之吉は憂さを晴らすため酒を飲みに山を下りて行き、そのまま何日も帰って来ないというようなことが続いた。そして、ある日、ついに恐れていた事態を迎えた。幼い子供たちが最愛の母から無理やり引き離されてしまうという悲劇が起こったのである。躑躅は後年、日記にこう書きつけている。

人に欠点をさされて悄気《しょげ》てしまう余のやさしさ、弱さは、母神田ふさに似とるのだ。母は美しく、又やさしいひとであった。母が家の貧しさから佐野の生家に去ろうと、門さきの小池の堤に立てるを追いかけて、母子共泣いて、その袖をとらえた事をよく覚えている。父が家を空け通しで、山や畑はあったが日用不如意であったからであろう。

家庭を顧みようとしない猪之吉に、病身でもあった躑躅の母ふさは将来を悲観し、実家に助けを求めてこの家を出ようとしたのである。それを長男であった躑躅が、「行ったらいかん」と泣きながら、母を止めようとしたのだった。「出て行くのは勝手だが、子供はみんな置いて行け。連れて行くことは絶対に許さんぞ」とでも、その時猪之吉は言ったのであろう。

門に凭《よ》る母に子すがり蚊食鳥　躑躅
かな〳〵や母と汲みし井草がくれ　同

妻に去られたことの衝撃は猪之吉にとってもさすがに大きく、この後、猪之吉は再起を自らに誓って、神戸への転出を決行して海を渡るのである。明治二十年、躑躅が六歳のときのことであった。

二、神戸へ

猪之吉が、躑躅たちを引き連れて移り住んだ明治二十年ごろ、神戸市楠町六丁目の辺りは、当時は坂本村と呼ばれ、人口わずか二百人弱、戸数も五十戸に満たず、水車小屋があちこちに見られるという田舎だった。ここに猪之吉は「本家まや」の看板をあげた。神戸に市政が敷かれる、およそ二年ばかり前のことである。

父猪之吉の、この神戸への転出はまずは成功したとみてよいであろう。数年の後、躑躅を、そして続いて弟の賢二を神戸中学に進学させたり、後妻ふきの連れ子であった初子（後に躑躅の妻になる）を松陰女学校に入学させたりしている事実が、猪之吉が子弟の教育に熱心だったことと併せて、それを可能にする岩木家の経済状況、すなわち猪之吉の仕事が順調に運んでいたことを証明している。

明治三十一年、躑躅は卒業間近だった（と思われる）神戸中学を中退し、医師になることを目指して上京する。そして、本郷湯島四丁目にあった済生学舎《さいせいがくしゃ》に入学するのである。済生学舎は正式名称を東京医学専門学校済生学舎といい、慶応義塾医学所とならんで明治時代を代表する私立医学校であった。大変な難関校としても知られていた。

中学を正式に卒業してから進学すればよさそうなものだが、済生学舎は実はドイツの大学制度にならって、入学の時期、資格を問わない自由就学制度をとっていたので、それならば中学の卒業を待たず、一日でも早く入学するほうが得だと躑躅は考えたのではないだろうか。経済的な支援者もあったようで、その人物の勧めがあったことも考えられるのであるが……。

三、虚子門下

さて、上京後一、二年してから躑躅は俳句と出会う。済生学舎で机を並べていた学友の影響を受けて国民新聞俳壇に投句するようになったのだが、その国民新聞俳壇の選者であった高浜虚子のもとへ出入りするようになったのである。正確な年月までは分からないが、

其《その》庵に使せし身や獺祭忌《だつさいき》　躑躅
富士見町から虚子門下桜餅　同

の句などがあることから見て、正岡子規の存命中で、しかも虚子庵が富士見町にあった時期、すなわち明治三十四、五年ごろのことだったと思われる（虚子一家が富士見町に住むようになったのは明治三十四年九月で、子規の他界は明治三十五年九月十九日である）。当時、虚子はまだ二十七、八歳であった。躑躅入門当時のことについて虚子はつぎのように書いている。

躑躅君は二十歳前後医を志して東京に遊学していた。その頃初めて私を訪問して来て俳句を学び始めた。躑躅の号は君が要求するままに私のつけた名前であった。私が人に俳号をつけたことは恐らくこれが初めてであったろう。

（『進むべき俳句の道』）

虚子が弟子につけた俳号の第一号であったらしいこの躑躅という名前の由来について、虚子も躑躅もそのことについては何にも書いていない。ただ、庭に咲いていた花の名をつけた、だけでは面白くも何ともない。明治の文人の雅号はみんな面白くひねってある。

そこで、以下は勝手ながら筆者（北原）の推理である。

まず、「岩木」の岩と木から連想されるものの一つは庭木である。そこからつつじの木を選んだ虚子は、つつじは「躑躅」と書くなあ、と考える。躑躅は「てきちょく」と読む。躑《てき》も躅《ちょく》も字義は立ち止まること、足踏みをすることである。したがって躑躅《てきちょく》とはトントンと足踏みをすることである。つつじには花にも葉にも毒があって、それを食べた家畜は、やがてトントンと足踏みをして死ぬことから、この木を躑躅としたのだと物の本にある。虚子はこの足踏みをするという意味の方に着目をしたのだ。直情径行という言葉がぴったりのこの青年の俳号として、この「足踏み」はまことにふさわしいとその時虚子は思った（……のではないだろうか）。

まあ、それはどうでもよいことにして、ついでに書けば、躑躅には長男の年中をはじめとして、裕、喜三郎、千代、春中、五郎、晴子と七人の子供があって、これがみな虚子の命名なのである（晴子などは虚子の五女と同名である）。年中、春中などは面白い。虚子の長男は十二月生まれ、それで子規が年尾と命名した話はよく知られているが、躑躅の長男は五月生まれだから年中、春中の生まれ月は知らないが、春の真っ最中、おそらく三月か四月なのだろう。子規の命名法をここまで忠実に受け継いでいるのは、子規を限りなく尊敬していた虚子らしくて微笑《ほほえ》ましい。

さて、話を入門の時期に戻そう。先に明治三十四、五年のころに躑躅は虚子のもとに出入りするようになったと書いたが、しかし、頻繁に出入りするようになるのは、これより後、明治三十六年からであろう。実は、この年、専門学校令が公布されるにあたって、済生学舎は大学昇格不許可となり、それを理由に学校経営者は突如学校を廃校にしてしまったのである。

学校に通う必要がなくなった躑躅の足が、それ以後、富士見町の虚子庵へと向いていくのは自然の成り行きである。

ふたたび虚子の文。先に引用したものにつづく部分である。

その頃三日にあげず私の家に出入りして句作はもとよりのこと、留守番もしてくれたり、子供の世話もしてくれたりしたものは、君（筆者注・躑躅のこと）、杉山一転、田中王城の三君であった。中でも最も多く留守番の役目を仰せつかったり、ホトトギスの雑務の手伝いをさされたりしたのは君であったように覚えている。（『進むべき俳句の道』）

虚子の富士見町の当時の家は玄関二畳、茶の間四畳半、座敷六畳、それに四畳半の部屋があった。しかもここが「ホトトギス」の発行所でもあった。家族は虚子と妻のいと、それに長女の真砂子と長男の年尾であった。それに当時は「女中」と呼んだ手伝いの女性が一人。明治三十六年だと真砂子は五歳、年尾は二歳、躑躅は「真あ坊」「年坊」と呼んで可愛がっている。年尾を縁側に抱いて行って小便をさせてやったこともあった。そして、この年の十一月には次女が誕生している。後の星野立子である。

躑躅はよく働いた。地方俳句欄に載せる面倒な原稿の清書、寄贈雑誌などの記事、印刷所への使い走り、校正等々。「ホトトギス」の発行日は特に忙しかった。九段の飯田局まで乳母車に雑誌を満載して運んだ。それが終わると、虚子夫人のいとは、必ず岡埜《おかの》の大福餅を振舞ってくれた。先の〈富士見町から……〉の躑躅の句に桜餅が出て来るのは、ここから来ているのであろう。

さて、躑躅の当時の日記の一部が、たまたま古い「ホトトギス」に出ていた。虚子の門下生としての躑躅の日常の一端がうかがえて興味深い。

明治三十七年五月二十五日（晴）

午後一時虚子先生を訪ふ。柿羊羹二本を携ふ。共に本所の徳上院の俳句会に行く。第一回互選が終り、夕食をしに『いろは』に上る。先生、三允《さんいん》、一転《いってん》ほかの諸君と小生。七時半頃座に戻り夕顔の句を作る。電車にて先生、三允、一転二君と帰る。

六月二十三日（晴）

午後一時先生を訪うて自転車の練習をなす。三允、一転二君来る。即ち紫陽花十句を試みる。後又自転車にのる。縁にて皆で蕎麦の御馳走になる。夕食をも。また自転車に。先生と二人なり。

七月九日（晴）

午後一時頃先生を訪ふ。三允、一転二君来る。自分は秀英舎へほととぎすの校正を持って行き戻って四人にて萍十句を作る。雑談後一転君と共に辞す。

七月十日（晴）

朝八時半先生を訪ふ。即ち芝区田町の塩湯二階に於ける『アラレ』例会に出席の為なり。須田町より電車にのる。既に癖三酔《へきさんすい》、鳴球《めいきゅう》、碧童《へきどう》、桐芽《とうが》、一転の諸君あり。三允君続いて来る。会者十三名。

四、盟友 杉山一転

ここで杉山一転のことを、少し書いておこう。一転は本名一二、大阪堺市の出身で日本橋にある宮川商店に勤める会社員。明治十年生まれだから躑躅より四歳年長である（筆者注・一転の生年を明治十五年としているものを俳句辞典その他でよく見かけるが、これは間違い）。埼玉で俳誌「アラレ」を発行していた中野三允といつも連れ立って来ており、虚子庵でよく顔を合わせているうちに、同じ関西出身ということもあり、すぐに二人は仲良くなった。

一転は痩身で、いつも袴を裾長にはいていた。左の頰から下顎にかけて刀痕のようなものがあり、ものを言うときにはそこがぴくぴくと痙攣した。躑躅も武術の達人だった父猪之吉の血をひいて、剣術は北辰《ほくしん》一刀流の使い手とかで眼光がするどく、二人がいっしょにいる姿を見て俳人同士などと見る人は誰もいなかったであろう。あるとき、躑躅と一転が二人で牛鍋の店「いろは」に上がって酒を飲んでいたところ、やくざ風の男が丁重な物腰で「一献いかがですか」と酒を注ぎに来たという。

一転の顔の創傷は、実は手術の痕なのである。躑躅と出会う半年か一年前に、耳下腺炎と骨膜炎の併発で左頬から咽喉にかけて一面に腫れ上がったため病院で切開したが、後日さらに膿みを持って余計にひどくなった。別の病院で再手術をしてようやく完治したが、そのために傷が深く残ったのである。

ところで、さきの躑躅の日記に自転車のことが出てくるが、虚子はこのころ自転車の練習に熱中していた。練習中に道路を曲がり切れず、自転車に乗ったまま酒屋に飛び込んでしまった、などという虚子らしからぬエピソードもある。

五、四代目を継ぐ

明治三十九年初め、経済的支援者からの仕送りも途絶え、東京の生活をいつまでも続けていくわけにはいかなくなった躑躅は、家業の四代目を継ぐべく神戸に帰る。そして幼少年時に父猪之吉から手ほどきを受けた「まや術」を、完全に自分のものにするべく修行の日々が続くのである。やがて猪之吉は躑躅に後事を託して淡路に引き揚げていった。

躑躅が神戸に帰った直後に、虚子から躑躅宛に手紙が届いている。それにはこうあった。

　俳句などは旨く出来ずども宜敷《よろしく》、たゞ〳〵家業第一に心掛らるべく候。唯、御ひまある節、一句にても二句にても御作り被成《なさ》れば其《それ》にて結構の事と存候。（明治三十九年二月二十二日付）

明治四十年、躑躅は結婚した。結婚の相手は継母ふきの連れ子初子であった。躑躅の腕一本で一家を養わなければならなくなり、躑躅は虚子の言い付けを守って家業第一を心掛けた。当然、しばらくは俳句に時間を割く余裕はなかった。折から、虚子は俳壇引退を宣言し、小説を書くことに懸命になっていた。その間に新傾向俳句の旋風が吹き荒れることになる。

六、ホトトギス雑詠

高浜虚子が俳壇に復帰し、「ホトトギス雑詠」選（以下「雑詠」）を復活させたのは、明治最後の月、明治四十五年七月であった。この「雑詠」が多くの秀れた俳人を育てたことは周知のとおり。村上鬼城、飯田蛇笏《だこつ》、前田普羅《ふら》、渡辺水巴《すいは》、富安風生《ふうせい》、原石鼎《せきてい》、高野素十《すじゅう》、水原秋桜子《しゅうおうし》、川端茅舎《ぼうしゃ》、阿波野青畝《せいほ》、中村汀女《ていじょ》、山口誓子《せいし》などなど、数え上げれば限《きり》がない。

水原秋桜子は、大正八年ごろの「雑詠」の俳壇での評判について

　ホトトギスの雑詠に入選するのは非常にむずかしいものだというのが、当時の常識で、それは渋柿に属する私達にさえ、どこからともなくつたわって来るのであった。（中略）一年に一句載れば、地方では何の某と言われる作者になるとか、三年目に一句載った某は赤飯を炊いて祝った

とか、いろいろな伝説も付随していた。

（『定本　高濱虚子』）

と書いている。

躑躅の「雑詠」初入選は、大正二年十一月で、二句が選ばれた。巻頭は原石鼎《せきてい》の十八句。躑躅はそれからまた没が続いたが、三年十月に一句、十二月に一句、翌四年一月に二句、二月は没で、三月に三句といった調子であった。大正二、三年当時は出句は一人二十句という定めで、その結果、投句総数は約五千にのぼり、そのうち入選は百二十句程度であった。

躑躅のこれまでの入選句のうちの三句ばかりを左にあげておこう。

なつかしや思はぬ方に嵯峨の月　躑躅
夜学子を幾度母の覗きけん　同
家祖の墓ちさきがうれし落葉払ふ　同

六年六月には「ホトトギス」に連載中だった虚子の雑詠評「進むべき俳句の道」に躑躅が登場して注目された。これは、「ホトトギス」に掲載された雑詠投句者の大ぜいの中から三十二人の俊秀を選び出し、彼らの句を詳細に検証することによって、自分たちの進むべき新しい道を開拓していこうと、虚子が力を入れていたものである。その中で虚子は躑躅の句の特徴についてつぎのように述べている。

これを要するに君の句は情をもって勝っている。それも激越な情でなく、埒を逸する不健全な熱情でなく、極めて順当な、謙譲な慈悲に充ちた情である。雷霆《らいてい》がはためくとか、大風が一過するとか、石が割れるとかいうような情ではなくって、雨が深く深く地中に滲み込んでゆくというような情である。

大正八年二月、躑躅は「雑詠」でついに念願の巻頭に選ばれる。

地の窪に屋の棟見ゆる冬野かな　　躑躅
我が倚《よ》れる冬木しづかに他に対す　　同
大根鎧《よろ》へる壁の小窓の障子かな　　同

ほか二句であった。

躑躅は大正二年から昭和四十六年までの六十年間、ほとんど欠かすことなく、「雑詠」に出句することは怠らなかった。その間、巻頭に輝いたのは九回で、最後の巻頭は昭和四十年、八十四歳のときである。巻頭から巻頭へ実に四十八年という長きにわたっている。左に「雑詠」入選作の中から若干を抄出しておこう。

41　岩木躑躅

帰省子の次男の奴が赤ふどし　躑躅
米磨げば水脈はしや蓼の花　同
仕舞ふ時白き団扇の淋しさよ　同
君還るなかれ燈下の桜餅　同
懐に白紙一帖更衣　同
故人日々遠く鶏頭赤きかな　同
籐椅子にはや秋草をまのあたり　同
鶯や小笹柴原海に落つ　同
天に子規地に芍薬や山の寺　同
盃はめぐり望月とゞまらず　同
背をまげてめでたき老や行水す　同
夏草や吾のみ参る墓一つ　同
妻留守のやうやくひもじ秋の暮　同
今朝の海どかと深しや秋来る　同
この年で座談がへたで秋扇　同
ふるさとや足袋も汚れず人少な　同

婿伜《むこせがれ》来たり卒爾の鰯鮓　　同

七、一転死す

杉山一転はよく病気をした。東京にいるときも脚気に悩まされて転地療養をしたことがあり、堺に帰ってからも、脳梗塞を患ったり、不運にもいろんな病気に取り付かれた。

師の月の座へも上らず病みつるか　　躑躅

は大正四年の作である。前書きに「堺の一転の上を」とある。
同十年の二月十九日に一転は急性腹膜炎で入院したが、二十四日の夜についに不帰の客となった。躑躅が一転危篤の電報を受けたのが夜の八時半で、それから急ぎ電車を乗りつぎ、堺の一転宅へ駆けつけたがすでに遅かった。臨終三十分前に書いたという短冊には、乱れた字で

如月の雲ふみはづすばかりかな　　一転

とあった。一転の妻・由枝の頼みで躑躅は、今はもう物言わぬ友の黒い髪を切った。それから短冊に

悼句をしたため、白紙に包んだ髪とともに仏壇に供えた。一転は四十三歳だった。

次の日の夕方が密葬で、俳人としては躑躅のほかに大橋桜坡子《おうはし》が棺に従った。一転は化学肥料会社の販売課長か何かで、本葬はかなりの盛葬であったと桜坡子は回想している（『大正の大阪俳壇』）。

虚子は一転の死について

杉山一転君の逝去は傷心の至りに候。殊に生前我がホトトギスに意を用ゐ自分死せば香奠の三分の一を編集費の中に加へよと遺言したる如き、又何かにつけて一虚子を崇拝の的としたる如き、余としては赧然《たんぜん》として耻づるあるのみ。深く耻ぢ深く悲しむ。／君の寄付金壱百八十円六十銭は快くこれを受け、何か意味ある事に使用せんと思ふ。

（「ホトトギス」大正十年五月号　消息欄）

と書いている。

八、若き日の高浜年尾

虚子の長男・高浜年尾が、会社勤めの関係でしばらく躑躅の隣家に住んだことがあった。小樽高商を卒業して間もない大正十四、五年ごろのことで、年尾は二十五、六歳と若かった。

年尾の勤めていたのは生糸の輸出を扱う、旭シルクという新興の商社で本社が神戸にあった。〈生糸輸出商が華かな存在であっただけに、私達も自然その空気の中に生活した〉と年尾は「思ひ出づるまゝに」の中で書いている。

当時、生糸の輸出商社はほとんどが横浜を本拠としていたが、神戸を本拠としている旭シルクには、神戸市当局や各船会社などの支援があり、そのため業績は大きく伸びていった。これに気をよくした重役たちは、何かあると部下を引き連れて花柳界に遊ぶことが多かった。

年尾が下宿していたのは躑躅の隣家の離れで、躑躅の家とは壁一つで接していたため、年尾が遅く帰ると躑躅にはすぐに分かった。〈真面目な躑躅さんは、折々私の動静を鎌倉の父のもとへ報告しているらしかった。しかし私はそんなことに頓着なくよく遊んだ〉と年尾は書いている。

ある時、さし迫って二十円ほどの金が必要になり、年尾がその金の借用を躑躅に申し込んだところ、躑躅はにべもなく断った。年尾は少し酒が入っていたので〈二十円位なんだ、けちな奴だとかなんとか言ったのであろう。今でも躑躅さんにその時の話をすると、「又その話をする」と私をたしなめるのが常である〉と、そんなことも書いている。

年尾は昭和十年にも神戸に転勤になっているが、この時は神戸布引の旅館で一カ月を過ごした後、芦屋市徳塚に居を移している。もうすでに子供が女の子ばかり三人あった。次女の汀子は四歳だった筈である。

九、淡路での避難生活

昭和二十年三月十七日の神戸大空襲によって焼け出された躑躅は、初子を伴って故郷淡路島の生穂村（津名町）に残してあった別宅に避難した。この家は海岸に近いところにあり、毎年夏休みの時期には、子や孫たちの保養の場所として使っていたものである。ここで躑躅は戦争末期から終戦直後の一時期を過ごすことになるが、その生活はきわめて厳しいものであった。

何も持たずに戦火を逃れて来たからといって、誰が助けてくれるわけでもない。躑躅は早速仕事を始めるのであった。当時の日記を見ると、たとえば

四月二十六日　室津《むろづ》村へ出仕事　金二十一円
四月二十七日　室津村出張　十人扱　金三十九円
五月　五　日　育波《いくは》村　片山某宅一泊　夫妻を加療
五月　六　日　室津村出張　五人扱　七十円五十銭
　　　　　うち四十円は西組豆腐屋老婆左側脛骨骨折治療

などとある。室津村や育波村は現在の北淡町の一部、島の西海岸沿い（西浦）にある漁村である。躑躅の住む生穂村は東海岸沿いだから、西浦へは山を越えて行く。もちろん徒歩である。したがって、時間も食うし体力も消耗する。食糧難の時代のことであるから、これは大変なことだった。躑躅は〈こんな腹では仕事ができぬ〉と日記の中で盛んにぼやいている。

町内の夜警の当番も廻って来る。白内障がかなり悪くなっていたと見られる躑躅は、しかも六十四歳の高齢であったから、徹夜で町内を廻るこの夜警は随分つらかったに違いない。

七月二十六日には隣保の防空壕掘りに出、それが三、四日も続いた。これは八月十五日の敗戦で当然不要のものとなり、九月十五日には、またまた防空壕の埋め戻し作業に駆り出されている。

供へたる芋も手作り獺祭忌《だっさいき》　躑躅
寒菊や世にうときゆゑ仕合せに　同
仕合せに井戸水ぬくし冬籠　同
明日去るが少しく淋し春火鉢　同

十、虚子長逝

虚子が脳幹部出血で倒れたのが、昭和三十四年四月一日の夜のことである。四日夕方には意識を一時回復したが、六日に至って絶望状態となった。躑躅が「虚子危篤」の報を受けたのがこの日の夕方のことで、躑躅は七十八歳の老齢の身ではあったが、取る物も取りあえず、単身、八時過ぎの夜行で鎌倉に駆けつけている。

虚子の臨終は四月八日の午後四時であった。密葬の翌日の十二日に、東京の深川正一郎から躑躅に電話があった。十七日の葬儀に、門弟を代表して弔辞を述べてもらいたい、との依頼であった。

躑躅が弟子代表となりしを先生は頷きくださることと信ず。

と、躑躅はその日の日記に書いている。

葬儀は四月十一日午後一時から東京・青山葬儀所で行われた。弔辞は文部大臣・橋本龍伍、日本芸術院院長・高橋誠一郎、日本文芸家協会代表・山本健吉、愛媛県知事・久松定武、友人代表・安倍能成とつづいた。約十分にわたった安倍能成の弔辞が終わって、つぎに眼の悪い躑躅は息子の年中に支えられて壇に上がった。一礼をした後、巻紙を高く捧げた。そして、〈吾等今、心の拠りところ、精神の支え柱を失うたり。嗚呼《ああ》寂寞《じやくまく》〉と絶叫に近い声で読み上げ、「全国弟子門人代表」と結んだ。

式場、咳払い一つも聞えず、全くしんとした。又助けられて壇を降りる。虚子先生の写真の温顔が、先生の最も古いお弟子の躑躅さんをじっと見下ろしておられた。

と、その時の様子を深川正一郎が書いている。

師の風を行《や》るや形見のセルを著て　躑躅

十一、九十にして

躑躅は八十三歳まで家業である接骨の仕事を続けた。八十歳を過ぎてからの仕事には、周りの者もさすがに見かねて「難しいものは、なるべく病院へ回したら」などと口を出した。

長男の年中、五男の五郎はともに外科医であるが、その年中が書いている。

今、思えばレントゲンも使わず、よくもあんな複雑大骨折を、中には当時最も難しいものの一つとされていた老人の大腿骨頸部骨折も随分あったのですが、入院設備ももとよりなく、テクテクと重い鞄を提げて往診して廻って、名医の名を博したものだと今更ながら驚いております。当時、付近の県立病院の外科部長たちも讃嘆されたようです。「僕の手にはレントゲンがあるんだ」と父はよく誇っておりました。

（「父への追憶」）

九十にしてこの健康や年改まる　　躑躅

仲秋の老や栄養十二分　　同

秋晴や楠町の九十年　　同

右の作は昭和四十六年のものであるが、この年、風邪引きから肺炎を引き起こし、十一月四日、躑躅は九十歳にして、ついに帰らぬ人となった。枕元には愛用の竹刀《しない》が置いてあったという。没後の昭和五十五年、淡路における躑躅の弟子・奥野真農の努力によって『虚子選・年尾選　躑躅句集』が刊行された。これには虚子と年尾の選に入った一三五四句が収められている。

病床にあった高浜年尾は序文の依頼を受け、「何を措《お》いても私はそれに最も適切な立場にいる」として筆を執ったが、この書の刊行を見ることなく、昭和五十四年十月二十六日、七十九歳でこの世を去っている。

著書（句集）

『虚子選　躑躅句集』（大正七年刊）

『虚子選・年尾選　躑躅句集』（昭和五十五年刊）

参考文献

俳誌「ホトトギス」明治〜昭和期

俳誌「アラレ」明治期

俳誌「玉藻」（虚子追悼）昭和三十四年六月号

高浜虚子著『虚子消息』（東京美術　昭和四十八年刊）

高浜虚子著『進むべき俳句の道』（永田書房　昭和六十年刊）

水原秋桜子著『定本　高浜虚子』（永田書房　平成二年刊）

高浜年尾著『父虚子とともに』（牧羊社　昭和四十七年刊）

高浜年尾「思ひ出づるまゝに」（「ホトトギス」　昭和三十二年九月〜三十五年十月）

稲畑汀子編著　昭和俳句文学アルバム『高浜年尾の世界』（梅里書房　昭和六十五年刊）

大橋桜坡子著『大正の大阪俳壇』（和泉書院　昭和六十一年刊）

『虚子選・年尾選　躑躅句集』（躑躅句集刊行会　昭和五十五年刊）
岩木年中『父への追憶』（『躑躅句集』付）
奥野真農「編集余禄」（『躑躅句集』付）
杉山一転著『杉山一轉俳句集』（編集発行　岩木喜市　大正十年刊）
岩木躑躅　日記・雑録ほか

採訪
岩木和子氏
奥山梅村氏

（北原洋一郎）

亀田小蛄

藁を口に雲雀飛びゆく里の春　（18歳　明治36年）

弾のあと瓜なき毛馬の夕立かな　（60歳　昭和20年）

子規庵遺品をみる

ふとん地の縞よ飛白よ冬日さす　（71歳　昭和31年）

毛馬は田舎なり

湯帰りに亀を拾ひし朧かな　（77歳　昭和37年）

賀　状

子規時代の人と相見ゆ花の春　（81歳　昭和42年）

亀《かめ》田《だ》小蛄《しょうこ》　本名・喜一。明治十八年八月十一日、大阪市西区に生まれる。小学校のころ、師、橋詰せみ郎に俳句の手ほどきをうけ、俳誌「糸瓜」の創刊時、同人となる。後、青々、月斗とも交わり、「日本」俳句にも出句し、碧梧桐の指導を受ける。自ら「糸瓜」を編集、発行するに至り、露月、四明などの薫育を受け、句佛上人の知遇を受ける。子規研究、明治俳壇史に関心を持ち、資料蒐集をはじめ、資料に基づいて、数多くの論文を執筆する。重なる著作に、編として「深山柴」（安藤橡面坊句集）（大正十年）、「糸瓜」付録として「大阪俳壇史」（上）（大正十三年）、伊東月草編の「俳句講座」の明治篇の「明治俳壇史——子規篇」（昭和四年）を執筆、「碧梧桐句集」（大阪輝文館　昭和十五年）の編集、『子規時代の人々』（うぐいす社　昭和四十二年）の著書がある。昭和四十二年二月十二日没。享年八十一。没後の文献として『小蛄偲び艸』（昭和五十四年）、同補遺（平成三年）がある。

一、略歴

亀田小蛄は、本名喜一。以下は『子規時代の人々』に添付された肖像入りの付属資料「著者小歴」にて紹介する。『子規時代の人々』には、この「著者小歴」の添付されているものが少なく、没後に、間なくして添付された記録としての意味がある。

明治十八年八月十一日大阪市西区に生まれる。

小学校のころその師橋詰せみ郎先生（後「毎日新聞」顧問）に俳句の手ほどきをうけ、俳誌「糸瓜」の創刊同人となる。

傍ら青々、月斗の朱批を乞い、進んで東都「日本」俳句に出句、漸時河東碧梧桐門に転化。別に自ら「糸瓜」を年刊として発行する。

この間露月、四明、の薫育を受け、句佛上人の知遇を受く。この頃より明治俳壇に関心を持ち、資料蒐集を始める。

昭和四十二年二月十二日没。享年八十三。

主なる著作

大正十三年、「糸瓜」付録として「大阪俳壇史」（上）を刊行

昭和四年、伊東月草氏編の『俳句講座』の明治篇に「明治俳壇史――子規篇」を執筆

昭和十五年、大阪輝文館より『碧梧桐句集』を刊行前述のように、橋詰せみ郎の手ほどきで俳句を始めた小蛄は、師の誑蛄の一字を貰い受けての俳号であったし、俳誌「糸瓜」もまた、子規の絶筆三句にちなむものであることは、明々白々である。小蛄は「ホトトギス」「宝船」「懸葵」「俳星」「同人」など、子規一門の俳句雑誌を通じての体験が、次第に子規研究、さらに明治俳句研究に精進するところとなり、余人の及ばぬ、資料に基づいた数々の研究業績と執筆の記録を残した。大阪生まれの人として、限りなく大阪をはじめとする有縁の人々や地域への思いが強かったのである。

二、子規没後百年記念の短冊帖

平成十三年は、正岡子規没後百年の年であった。九月十九日の糸瓜忌を中心に、子規の郷里松山をはじめとして、東京、山形など、子規の百年を冠した各種の行事や、記念出版が相次いだ。子規の作品を中心とした展覧会は、地元松山では、すでに一月から「ジャーナリスト子規」、五月の「子規の友人たち」、八月の「手紙はがきに見る子規」、記念の九月には、「子規の文学」「子規の絵画」が松山市立子規記念博物館と愛媛県立美術館で開催され、十月末からは、山形の山寺芭蕉記念館で「子規の生涯」の展示が展開された。ともどもに、新資料が続出した、記念の年として意味ある展示となった。

そのなかでも、新出資料としてだけでなく、人々を驚かせたのが子規の短冊帖であった。同年九月十一日、「愛媛新聞」は、大きく子規の短冊帖を取り上げて発表した。事実、子規の資料があたらしく出ることだけでも意味があるのに、予想すらできなかった四十四枚もの短冊が、一挙に忽然と現れたのだから、話題になったのも当然であった。この短冊帖は、数奇な運命を経て、子規一門の人々などの短冊八十八枚と合わせて、三帖、計百三十二枚の短冊が収められている。九月の「子規の文学」「子規の絵画」の特別展示に併せて、子規記念博物館の展示の花となった。

この短冊帖は、水落露石が子規に直接依頼して、順次、揮毫を乞うたものを集成したもので、子規が主筆となっていた「小日本」時代からの、すなわち、明治二十七年ごろから、すでに子規を敬慕していた露石ならではの収集品であった。子規の周辺で、もっとも無理を言って子規に書画を書いて貰ったのは、露石であった。露石が秘蔵した子規の自筆の書画は、露石没後四散していったが、この短冊帖だけは、一枚一枚の短冊として、切り離されることもなく今日にいたったのであった。

この露石秘蔵の「子規短冊帖」は、昭和六年五月六日より十七日まで、十二日間、東京銀座の松屋呉服店で開催された、東京日々新聞社主催新名勝俳句募集記念俳句展覧会の時に出品された。当時の「俳句展覧会出品目録」が残っていて、それに掲載されたものであった。その存在が初めて世に知られた機会であったかと思う。しかし、小蛄が、初めて「子規短冊帖」を見たのは、昭和十年四月のことであった。

故寒川鼠骨氏が天下一品と嘆称された「子規居士短尺帖」それに収められある居士の歌俳四十

四枚は其の趣もとりどりだが其量に押された一瞬ただ茫然とただに拝するばかりで帖をつまぐることさえしばし忘るる程の美事な故人の遺留ものであった。

（「露石忌から月斗展へ」『子規時代の人々』所収）

その後、「子規短冊帖」は、露石の遺族のもとにとどめられていたが、空襲が烈しくなったころには、縁あって小蛄のもとにあった。そして、感動的であるのは、大阪地方の度重なる空襲の中で、この短冊帖が生き続けられたのは、亀田小蛄が献身的に短冊帖を護持するということがあったためである。

短冊会にて知りし水落露石氏の子規短冊帖再見を志しての事にて候　思へば終戦後如何になりしかと該冊いつもおもひ居りしものに候、あの空襲中、小生露石氏後嗣より預かり枕にしてスワとサイレン鳴る毎時出したる因縁つきのものに候、それは譲渡方頼まれしが折合はず前後二度不成功にて返却したるものに候

（小蛄書簡、昭和三十年十二月十七日）

小蛄の並々ならぬ「子規短冊帖」への思いが伝わる文面である。前記の短冊会とは、昭和三十年春に、長野、松本で開催された短冊展覧会のことである。この「子規短冊帖」が、同会に出品、披露されたことが、短冊に詳しい多賀博の記録に残っている（多賀博『短冊覚え帳』昭和三十年）。昭和十年、昭和二十年、昭和三十年、そして昭和四十二年の『子規時代の人々』への収録と、小蛄にとっては、ほぼ十年ごとに「子規短冊帖」との記録と出会いとがあった。資料を重んじた小蛄ならではの、資料

との出会いであった。

三、「糸瓜」の創刊

「糸瓜」は、小型の袖珍本の俳句雑誌であった。小蛄と「糸瓜」との関係は、小蛄の師たる橋詰せみ郎の依頼による。創刊は明治三十六年一月十九日、大阪市西区江戸堀北通二丁目にあって、子規の絶筆と子規の忌日とに合致させての発刊であった。縦十一・八センチ、横八センチの、本当に小さい袖珍俳句雑誌であった。

創刊は、橋詰せみ郎によるが、明治三十五年十二月に出した予告の中で謳った子規についての文面において、軋轢があったようである。創刊時、すでに大阪においては「宝船」が名実ともに主流であって、俳誌の新たな参入を許さぬ状況であったために、すでに多少の確執があった。

発刊の辞

見らるる通りの小俳誌、こんな糸瓜が何になる、そもや何うする積りだらうか、とは、先づ諸俳人の疑問であらう。しかし、何うする積りと言はうより、何うとも成つて見やうと言ふ積りで、何かにするのは諸俳人である。其間に一点の野心もなければ欲気もない。さあれ糸瓜にも一詠の生気はある、無意義に発芽し、無意義に花咲き、無意義に実るものではなからう。物その物の範囲に於て其の発生を無心と言ふ、去て天地の玄より観する時しかる以所の意義を現ずるので、不言のうちに表はるるものが其意義ではあるまいか。不言最よく言ふとやら、強て言はうとするに尽きざるの悔ひがあり、強て聞かうとするに満たざるの憾みがある。ただ自然に従ふて雨露よろしきに合へば糸瓜あり、これに反して其真義を誤る時に糸瓜は枯れる。水が好ければ水も取らうし、花がおかしければ花とも咲かうし、若し又其実が入用とならば乾して暴らして皮を削ぐまで。貧家の垣も飾るに面白く、闇の礫に打たるるも厭はぬ。なんなりとも成らるるだけには成る筈だから、成らせるやうに成らせて見給へ。

巻頭の発刊の辞は、当然、誑蛄であったと思われるが、謙虚に「糸瓜」命名の意義については、直接子規との関連に触れていない。目次以下の内容には、

発刊の辞、予告文に就きて（編者）、祝句、俳の神（夢狂人）、糸瓜咲（冬蛄）、雑吟（四明、三允、へき、椽面坊、青々、芳外、月兎、蝶衣、別天楼、牛伴など）、俳のたより、百家言、応募句（年類類）（露石、別天楼選）、記念句（糸瓜結）（有無、誑蛄選）、百方面（笑話）、女流俳句、連句壇、子規居士追悼歌仙、漫言、恋起両吟歌仙、連句会彙報、編集初信、五句集規定、俳誌紹介、俳の画

がある。確執に関連する「糸瓜」の釈明によると、

子規盲拝の意にもあらず、根岸派盲拝の意にもあらず、が非常に俳人（少なくとも自称日本派俳人）の癇癪に触つたものと見えて（中略）子規子を崇拝しないものは日本派を解しないもの、

日本派を解しないものは真の俳句を知らないもので共に談ずるには足りないものだ。と言ふのである。

との批判であった。当時の微妙な俳句界の状況であった。

四、「糸瓜」その後

「糸瓜」創刊後、二号までは、順調であったが、三号以後は、その発刊もままならぬところがあったようで、月刊の概念を捨てて、随時発行という形に切り替えることによって存続をはかった。明治三十七年十二月以降は、小蛄の編集となったが、創刊号発刊時、小蛄はわずか十九歳の若さであった。

小蛄は、二十一歳で結婚したが、明治四十一年、隣家の火事で罹災、翌、明治四十二年六月には、父君を亡くし、このころより耳疾に悩まされ、生涯に及んで聴覚の障害が残るもととなった。明治四十四年、従来の勤務を辞めて金物雑貨を営むようになり、大阪市西区江の子島大渉橋畔で商いを始めたが、やがて、新町五丁目に移った。小蛄の商いは、鉄物商であった。

「糸瓜」一覧（以下の「＊」印は、第十四号における説明の一覧である。同誌の注記には、関連する子規の句が挿入されている）

「糸瓜」予告＊　三十五年十二月中

売り出しの旗や小春の広小路　　子規

第一号＊　三十六年一月中（明治三十六年一月十九日）　第一年第一号と称す。五百部発行。売れしは十四五部、他進呈

年玉やなんともしれぬ紙つつみ　　子規

第二号＊　三十六年二月中（明治三十六年二月十九日）　第一年第二号と称す。三百部に減少、進呈せずは総て残本、

下萌えを催すころの地震かな　　子規

第三号（三月号）第四号（四月号）申訳号＊　折り捨てのザツな刷り物、三十六年五月中（明治三十六年五月八日）

くらへ馬おくれし一騎あはれなり　　子規

第五号＊　三十六年七月中　謄写板手刷二部、御上へ対しての申訳け、誰にも配らぬ餡の餅

二文投げて寺の縁かる涼みかな　　子規

第六号＊　三十六年九月中　発行二百部（明治三十六年九月十日　俳句文学館所蔵）　定価三銭とはたかいもの

秋風や生きてあひ見る汝と我　　子規

第七号＊　同年同月　子規忌記念号とすます、而して寸珍の八ページ即ち四枚、発行二百（明治三十六年九月十九日　俳句文学館所蔵）

蟷螂や蟹のいくさにも参りあはす　　子規

第八号＊　三十六年十一月中　発行二百部（明治三十六年十一月十九日　俳句文学館所蔵）　思ひきつた十二枚の俳画、これぞ天下一品と威張る

絵屏風のたをれかかりし火桶かな　　子規

第九号＊　三十六年十二月号　発行二百部（明治三十六年十二月十九日　俳句文学館所蔵）　俳画やや集る、霰子なにとやらオダテテ呉れた、而かも行く年の心細さ

身を投げて螽死なんとす冬田哉　　子規

第十号＊　三十七年二月中　謄写板手刷二部、蓋し三種郵便物認可の命つなぎ、

死はいやぞ其きさらぎの二日灸

第十一号＊　三十七年五月中　謄写板印刷二部

第十二号＊　三十七年七月中　謄写板印刷二部　こんな時分まで死にきりもせず悶へて居たとは御釈迦様でも御存じあるまい

土用干うその兜もならびけり　　子規

第十三号＊　三十七年九月中　第二年第一号、謄写板刷八十ページ百二十部発行、（明治三十七年九月日）　小蛄峨眉松との大苦心、三種認可に糸瓜の水も役立たずして進呈用の郵税に大よはり、さはいふものの意気なほあり、

柚子の玉味噌の火焔を吐かんとす　　子規

第十四号　明治三十七年十二月十三日以降　亀田喜一発行
第十五号　明治三十八年二月十一日
第十六号　明治三十八年五月十三日
第十七号　明治三十八年十一月十七日
第十八号　明治三十九年十月二十七日
第十九号　明治四十一年一月十五日
第二十号　明治四十二年一月一日
第二十一号　明治四十三年八月十五日
第二十二号　大正二年十一月二十日
第二十三号　大正八年十二月五日
第二十四号　大正十年十一月二十日　室町号
第二十五号　大正十一年三月二十八日
第二十六号　大正十一年九月十九日　子規第二十周年記念号
第二十七号　大正十三年五月三十日　大阪俳壇興隆号　終刊

以上は、「糸瓜」の一覧であるが、今日、右の注記に二部と記した各号の確認は難しい。

小蛄の意気ごみは、盛んであったが、如何ともしがたい窮状であった。

五、大恐慌

大正九（一九二〇）年の、三月の株式暴落に始まる第一次世界大戦後の大恐慌のために、小蛄は、商売において甚大な借財を背負い、如何ともしがたい状況の中で生きる力をも失った。大正十年七月二十日、高野山へ入山した。

大正九年は痴行に始まり癡事に終る（中略）せみ郎氏には六月二十四日を以て大なる失望を与へたのである。（「死の前に（二）」「糸瓜」二十四号所収、大正十年十一月）

借財百八十万円に及ぶ金額の重圧の中、小蛄自身は、その借財一覧を記載して、我が身の現状を訴えたが、その苦渋の心情を筆には残さず、ひたすら「糸瓜」と『深山柴』（安藤橡面坊句集）の刊行に、その力を注いだ。そして、生死の間をさまよう小蛄を全面的に支えたのは師の誑蛄（せみ郎）であった。

小蛄の師、橋詰せみ郎（誑蛄、けいこ）は、兵庫県尼崎の生まれ、西宮鶯鳩塾に学び大阪関西学館に転学、小学校教師を勤め、大阪毎日新聞記者から事業部部長、相談役を歴任、池田市に「家なき幼稚園」を創設、月刊誌「愛と美」を発行し、幼稚園教育にも尽くした。昭和九年六月三十日に没した。自ら創刊した「糸瓜」に、池田室町に小蛄とともに住むようになった経緯を述べるとともに、小蛄の

経済的な破綻について、

近頃はまた「引籠り」（中略）小𦊆もジツと家に居ます、私もジツと家に居ます。小𦊆は商売の失敗を苦に病んで悶え悶えた揚句です。私は洋行の失敗を悔しがつて悶え悶えた揚句です。馬鹿らしいのは、同じことだが小𦊆の飛ばしたのは百八拾万円です、私の飛ばしたのは五千円です、その差は僅かに百七拾九万五千円です。昨今の小𦊆は座敷の真中へ大きな机を据ゑて橡面坊句集や糸瓜原稿の整理に夢中です。橡面坊なんど大毎社中にさへ忘れられて居る今日このごろに。

（「糸瓜」二十四号、大正十年十一月）

この時の大苦境は、小𦊆に生きる力を失わせるほどの、巨大な物であった。根底から鉄物商としての仕事がなくなったのである。しかし師、誑𦊆は、「小𦊆は私の親友です。「糸瓜」は私の愛友です」と言い切った。温かい愛情と尊敬で、二人は結びついていたのであった。それに応えるように、小𦊆は常に、有名無名を問わず、自ら関わった知友を大切にして、『橡面坊句集』について、誑𦊆が述べるように、まこと、洒落た句集を、大変な苦境の中で、編集発行したのであった。小𦊆の人柄と言うべきであろう。

六、河東碧梧桐と石井露月のこと

河東碧梧桐と小𦊆との関係は、通例の師弟以上の関係であった。碧梧桐の「三千里」の旅への憧憬には限りないものがあり、碧梧桐の選句を受け、小坫が一歩一歩歩んだ道の指標は、碧梧桐その人であった。何よりも、大苦境にあって先祖代々の墓を作るに際し、墓石への揮毫を碧梧桐に依頼し実現を見たことは、小坫にとって大いに自らを鼓舞することのできた出来事であった。碧梧桐自身の新傾向への傾斜に伴い、小坫も俳句から遠ざかることはあったが、碧梧桐を敬慕し続けた。「懸葵」を全面的に援助していた大谷句佛と近づきになれたのも、青木月斗をはじめ、大阪の俳人との交流が進んだのも、すべて、碧梧桐の大きな庇護があったためであった。「糸瓜」第二十七号において、碧梧桐の寄稿を得た時の小坫は、得意の絶頂にあったといえる。同号の「大阪俳壇興隆史」は、今日においても、近代大阪俳壇の歴史を見る上において、欠かすことのできない基本の文献である。

それだけに、碧梧桐の遠逝の悲しみは、小坫にとって、極めて大きなものであった。独力で、いち早く『碧梧桐句集』の編集に取り掛かり、見事な句集を上梓したのも、また、昭和十五年二月二十五日、『碧梧桐句集』上梓の報告をかねて、松山の宝塔寺にある碧梧桐の墓参を果たしたのも、碧梧桐に対する追慕の念に他ならない。

明治三十二年八月二十七日、京都に石井露月を訪ねた碧梧桐が、露月を伴い、大阪の梅澤墨水を訪ね、蜆川に船を浮かべて遊興の一夜をともにしたことは、小坫にとっても、大阪にとっても、「日本」俳句の拡がりの点で大きな意味を持っていたのであった。その日の記事は、やがて碧梧桐によって「大阪の一夜」として「車百合」創刊号（明治三十二年十月十五日）に発表された。その後、小坫が、秋田へ初めて訪ねたのは、大正十四年八月二十日のことであった。露月に私淑し、露月に会いに行ったのである。すでに、書簡などで、露月から具体的な教示を得ていたが、初めての対談で「小蛄君の奥さんは安産だつたが、君が女米木に誕生することは難産だつたナ」といった冗談が、露月の口から出るほどにうち解けたもてなしを受けた。露月山廬に一泊して、翌日は、女米木の高尾山にのぼり、虚子、百穂訪問の後を訪ね、運座では「女郎花」の題で句も詠んだ。露月の菩提寺である玉龍寺に参詣も果たして、帰路に就くに際して、

漫々地夜雨に漲る解夏の河　　露月山人
蝦夷近し海風に偃す女郎花　　露月

の句があった。地主千嶽の案内と見送りを受けたのであった。

さらに、昭和二年十一月、露月の西下と吉野行に際して、小蛄は、露月との再会を喜び、「車百合」創刊号を見せながら、北浜の金仁楼にて歓を尽くした。この時のことは、露月にとっては、最後の西下、東京への旅でもあり、小蛄にとっては、生涯に及んで、秋田に結びつく契機となり、長く小蛄の脳裏に刻まれた。

七、小蛄寸描

田中杉枝氏は、亀田小蛄の息女である。小蛄が、信仰していた京都の稲荷神社の杉にちなんで、その名を命名したとのこと。多くの苦難を乗り越えるとともに、長く教壇に立たれて子女の教育に従事された。晩年の小蛄は、常に杉枝氏の介護を受けて、身綺麗にその身だしなみを整えていたのであった。

そして、小蛄の生前に間に合うように、中西二月堂をはじめ、多くの同人、とりわけ「うぐいす」社、月斗に縁のある人々の協力で、『子規時代の人々』の刊行を見たことは、小蛄にとっても、杉枝氏にとっても、忘れられない一事であった。

杉枝氏は、その後も、父君の追慕を含めて、『小蛄偲び艸』（昭和五十四年二月二日）や『小蛄偲び艸補遺』（平成三年二月十二日）を少部数ながら刊行され、小蛄の知友に配布された。これまた、小蛄の記した貴重な文献の一部として忘れられない。

過年、亀田小蛄の事績を追って、大阪俳句史研究会の場で、発表したことが機縁となって、平成二年十一月、杉枝氏と筆者との対談が行われた。その節、慈愛に満ちた父親としての小蛄と、常に探求心を失わずに晩年を過ごした小蛄の強い意志を伝えた談話が、とりわけ印象的であった。終戦間際に、大阪と西宮とで、二度に及んで被災したこと、加えて、戦後の苦しい時期に、小蛄を支えた毛馬町の正木瓜村の世話で、小さな一軒の家を用意されて、貧しい中にも、充実した、気力の溢れる生活ができたことなどを、何よりも印象深い淡々とした語り口で披露された。加えて、天神橋の昆布商の有田武は、生来の親切心から、よく小蛄のもとを訪ね、生活の面倒はもちろん、小蛄の細かい用事をつとめ、かたわら、小蛄から、資料の取扱や、短冊の見方や、骨董の真贋の問題などを教示されたのであった。有田武は、市井の人として、決して有名な人ではなかったけれども、真摯に俳句を研究し、書画を愛し、郷土を愛した生き字引であった。三原の松本正気、室生の松平寿郎、大阪の有村善雄など、小蛄と結びついた数多い善意の人々が、今は、故人となってしまった。

家庭での小蛄は、俳句のことや、明治の俳句史の課題などを語ることもなかったし、取り立てて息女の杉枝氏に、俳句の手ほどきをしたわけではなかったけれども、やがて、小蛄の顰みに倣い、杉枝氏自身が、「俳星」由縁の三山句会に出席するようになり、とりわけ「俳星」とのつながりができたのであった。露月を直接知っていた、佐佐木左木、布谷瓦鶏らとの交わりは、また、清らかで、なごやかなものであった。

小蛄と松山については、子規の故地というだけでなく、やはり資料との関わりがある。柳原極堂とは、旧知の仲であったようで、近藤我観が愛蔵していた子規の「散策集」を一見した時の記録がある。長らく子規全集には欠如していた「散策集」について、昭和七年七月、桜宮の小蛄宅に訪ねてきた極堂が、神戸まで「散策集」を携行していたとのことで、見せてもらった時の記録である。後に極堂は主宰誌「鶏頭」に全文を発表したが、小蛄の慫慂がなければ、あるいは「散策集」の発表は、さらに遅れていたかもしれない。このことが、一層極堂と小蛄とを結びつけたようである。さらに、松山において、世良烋次郎との交流は、鉄物商としての交際を通じての親近感もあって、たびたび松山を訪れ、極堂からも、直接教えを受けるだけでなく、極堂亡きあとは、とりわけ三好湧泉、さらには、松山子規会の人々との交流が続いた。小蛄の句、

鵬程や春風衝いて三万里　　小蛄

は、小蛄の唯一の句碑として松山に建てられた。

八、晩年の小蛄

小蛄は家庭的には、決して恵まれたとは言えなかった。明治三十八年結婚後、五人の子息に恵まれたが、長男昌一は二十三歳で逝去、次男重一は夭逝、次女朔子は十一歳で逝去と、次々に悲しい別れがあった。残った長女杉枝氏、三男誠氏とが、晩年の小蛄を支えた。自らが第一次大戦戦後の恐慌で、手ひどい仕打ちを受けたこともあって、小蛄は信仰心が強く、神事、仏事を大切にした。

孫が求めた食べ物の好物に、小蛄が記した紙片には、

焼豆腐のかつを煮、じゃが芋の小フキ煮、高野豆腐とこんにゃく、そば(日本のもの)、大根おろしにかつを、天ぷらは芋、ゐび、ゐびの醬油だき、蠣飯、玉子はかるく生々しく巻焼、みそじる(いちばん好き)、水菜のパリパリ(クジラ又はアゲモノノカスを入れる)

と記したメモが、杉枝氏の手許に残っている。

およそ、小蛄ほど、こまめにメモを残した人は稀である。耳疾のこともあり、意志の疎通に、筆硯は、まこと手放せないものであった。それだけに、晩年、書きに書き続けた論考の数々は、無駄のない小蛄の、どうしても語っておきたいというメッセージとしての重みを持っている。

ダイハツ社社長の小石雄治(草暁)をはじめとして、うぐいす社の助力で、『子規時代の人々』の出版が心待ちにされた時、編集を担当していた中西二月堂の手で、小蛄が亡くなる直前の一月十九日に、製本直後の本として見本の本が持参された。その時に、

待望の『子規時代の人々』出来たりと、その発行日に先(立)つ一日、十九日夜二月堂君持参さる。こは見本三部の内の二冊なりと、一つは目下東上中の小石氏に明後日御帰阪を待って御覧に入れるといわる。把つて見るに装幀もすべて清潤、こは二月堂君の苦心と窺われて、うれしかりき　昭和丁未一月　著者　亀田小蛄　印

と記した。二月堂は、その時の嬉しそうな小蛄の姿を、明確に記録している。

早くに、俳壇に由縁の深かった安藤橡面坊、梅澤墨水、中川四明、水落露石、内藤鳴雪、石井露月、

河東碧梧桐、塚本虚明、塩谷鵜平、大谷句佛、青木月斗、佐藤紅緑らを、身近に失い、家族の供養のみならず、それらの人々の霊を祭り、日々香花を捧げる日課であった。昭和四十二年二月十二日に、子規時代の資料を満載した小蛄は静かに遠逝した。本稿を成すにあたり、本書の上梓を鶴首された田中杉枝氏は、平成十七年三月七日永眠された。

九、小蛄 略年譜、著作目録、参考文献

明治十八年　八月十一日　（一歳）　誕生
明治三十二年　（十五歳）　西区第二高等小学校卒業
明治三十六年一月十九日　（十九歳）　「糸瓜」（第一年第一号）発行
明治三十八年　（二十一歳）　タカ（通称まさ）と結婚
明治四十一年一月十五日　（二十四歳）　隣家の火事で被災
明治四十二年六月四日　（二十五歳）　小蛄父君遠逝、耳疾に苦しむ
明治四十四年九月　（二十七歳）　鉄物商を営み、新町五丁目に移転
大正三年　九月二十五日　（三十歳）　安藤橡面坊逝去
大正三年　十一月二十九日　（三十歳）　梅澤墨水逝去
大正四年　（三十一歳）　大阪鉄物交換会を組織

大正六年　五月十六日　（三十三歳）　中川四明逝去
大正八年　四月十日　（三十五歳）　水落露石逝去
大正九年　四月　（三十六歳）　亀田家累代墓を立てる。破産。
大正十年　十一月二十日　（三十七歳）　「糸瓜」二十四号 室町号発行（西区新町通四ノ三一）
大正十年　十二月　（三十七歳）　『深山柴』（安藤橡面坊句集）編集発行
大正十一年　九月十九日　（三十八歳）　「糸瓜」二十六号 子規第廿周年記念号発行
大正十三年　五月三十日　（四十歳）　「糸瓜」二十七号 大阪俳壇興隆号発行、糸瓜終刊
大正十四年　一月以降　（四十一歳）　「秋田俳壇に思ふことども」「雲蹤」連載
大正十四年　八月二十日　（四十一歳）　秋田女米木に石井露月を訪う
大正十五年　二月　（四十二歳）　鳴雪を東京に訪う
大正十五年　四月一日　（四十二歳）　『同遊草』発刊
大正十五年　七月　（四十二歳）　『永寧集』発刊
昭和二年　三月　（四十三歳）　「秋田俳壇史」「俳星」に連載
昭和二年　秋　（四十三歳）　露月、五空、左木ら関西に来り吉野を訪う
昭和三年　四月以降　（四十四歳）　「秋田俳壇史」「俳星」に連載
昭和三年　九月十八日　（四十四歳）　石井露月逝去

昭和五年　（四十六歳）　松山に柳原極堂を訪う
昭和六年　（四十七歳）　伊藤松宇に会う
昭和七年　四月　（四十八歳）　大阪市北区中野町二丁目に転居
昭和八年　（四十九歳）　桜宮にて柳原極堂に会う
昭和八年　（四十九歳）　改造社『俳句大歳時記』（月斗担当）に協力
昭和九年　（五十歳）　須磨に子規句碑建立
昭和十二年　二月一日　（五十二歳）　河東碧梧桐逝去
昭和十四年　六月　（五十五歳）　塩谷鵜平を訪う
昭和十五年　四月二十日　（五十六歳）　『碧梧桐句集』編集刊行、大阪輝文館
昭和十五年　四月二十日　（五十六歳）　塩谷鵜平逝去
昭和十六年　五月六日　（五十七歳）　母さと逝去
昭和十八年　二月六日　（五十九歳）　大谷句佛入寂
昭和二十年　六月　（六十一歳）　桜宮にて空襲のため罹災
昭和二十年　八月六日　（六十一歳）　西宮にて空襲のため罹災
昭和二十一年三月十七日　（六十二歳）　青木月斗逝去
昭和二十一年五月三十一日　（六十二歳）　妻タカ（通称まさ）逝去

昭和二十一年六月三日　（六十二歳）　佐藤紅緑逝去
昭和二十一年十月　（六十二歳）　正木瓜村の世話にて毛馬に転居
昭和三十年　（七十一歳）　俳文学会全国大会（早稲田大学）に参加
昭和三十五年七月　（七十六歳）　明治俳句史の一齣（対談）（「俳句」）
昭和三十七年八月　（七十八歳）　佐佐木左木、毛馬に小〓を訪う
昭和三十八年十月　（七十九歳）　松山を訪問、三好湧川らに会う
昭和四十年　三月　（八十一歳）　月斗十七回忌月斗展開催
昭和四十年　五月　（八十一歳）　松山に句碑（鵬程や春風衝いて三万里）建立
昭和四十二年一月二十日　（八十三歳）　『子規時代の人々』（うぐいす社）発刊
昭和四十二年　（八十三歳）　「続春麦秋冬」概観――「碧梧桐第一選集」（「俳句」）
昭和四十二年　（八十三歳）　盆灯籠（松村鬼史追想）（「早春」）
昭和四十二年二月十二日　（八十三歳）　永眠
昭和五十四年二月二日　『小〓偲び艸』（田中杉枝発刊）
平成三年　二月十二日　『小〓偲び艸』補遺（小〓二十五回忌）（田中杉枝発刊）

（和田克司）

芹田鳳車

姓名の小さすぎたる吉書かな
（『懸葵』明治42年2月号）

草に寝れば空流る雲の音聞こゆ
（『雲の音』大正5年刊）

光の中へのびてゆく人の道白し
（『生ある限り』大正9年刊）

おれを見ている自画像の顔を塗つている
（『自画像の顔』昭和29年刊）

ちちははがいて少年の日の山脈が海へ迫つている
（『自画像の顔』昭和29年刊）

芹田鳳車《せりたほうしゃ》　本名・誠治。明治十八（一八八五）年十月二十八日、揖保郡旭陽村津市場（現姫路市網干区津市場）の児島宗規（通称善太夫）、りう夫妻の三男として誕生。神戸高等商業学校（現神戸大学）中退。日本大学部商科正科卒業。明治四十五年、横浜生命保険株式会社入社以後経理畑一筋に、板谷生命（旧横浜生命）では支配人兼経理部長、のちには取締役まで務め上げた。

神戸高商在籍時より俳句に親しみ、『宝船』『懸葵』等に投句。明治四十四年『層雲』創刊後は、自己の印象に従って詠む自由律作品を発表し続けた。大正初期はとくに、印象詩としての俳句を唱導する荻原井泉水の理論を実践する作家として『層雲』を支えた。

昭和八年から相次いで妻や長女二女を病気で失い、一度は再婚するも、晩年近くなって離婚するなど、家庭的には不幸も多かった。昭和二十九年東京にて脳溢血のため死去。誠光院泰山鳳車居士。姫路景福寺に葬られた。

一、網干時代

芹田鳳車は、明治十八（一八八五）年十月二十八日、播州網干の地主児島家の三男として生まれた。そもそも児島家は江戸時代から名字帯刀を許された家柄であり、戦後の農地改革で土地の大半を失うまではあたりの土地一帯を所有する大地主であった。父善太夫は旭陽村の助役や村会議議員を務め、村の発展にも寄与した。兄弟姉妹は七男二女、うち成人したのは博作、みよ、誠治、哲の四人であった。兄博作、弟哲はともに姫路師範学校を卒業後、地元の小学校の教員、校長を務めた。博作は自宅の襖に自身の手による襖絵や詩を書きつけるなど書画への嗜みが深かったという。鳳車が積極的に句作に親しむきっかけになったのは、この兄博作が「お前もやったらいい」と勧めたことによるともいう。

明治三十八年、龍野中学校を上位の成績で卒業した鳳車は、同年に開校したばかりの神戸高等商業学校（現神戸大学）に第一期生として入学した。龍野中学からはただひとりの合格者であったという。この神戸高商時代に本格的に俳句に親しむことになったようだ（注①）。

当時の神戸高商は非常に俳句が盛んであった。たとえば、明治三十四年に大阪で創刊された雑誌『宝船』の「八方俳壇」（各地の句会報）では、明治三十九年七月号に「撫子会十句集」（神戸高等商業学校内　桑田唐村報）が、明治四十年四月号に「神戸高商俳句会（葺合）」が、明治四十一年十月号でも「行餘会」（神戸高等商業学校内　潮葩報）が、それぞれ掲載されている。代替わりをしても、その名をかえ、人をかえて神戸高商での俳句熱は継続されていたようだ。

鳳車自身による略歴（注②）では「神戸高商在学中より俳句に親しみ」とあるが、これらの神戸高商の俳句会の記録からは鳳車の足跡は、残念ながら現在のところ見つからない。

その後、鳳車は健康上の理由から、神戸高商を中退していったん網干に戻った。「おまえも自分でやったらいい」という兄の言葉はこの時のものであったのかもしれない。網干に戻ってから、鳳車の名前は地元の句会報をはじめ多く『宝船』誌上に散見されるようになる。

明治三十九年『宝船』十二月号の「八方俳壇（五月会　網干町　案山子報）」では「鳳車」の名で、

材木が浮べる堀や蓼の花

が掲載されているのをはじめ、明治四十年の『宝船』にも、

おぼろ月花をこぎ去る小舟哉　（四月号）
雉子ないて跡畑打のこだま哉　（五月号）
瓶にさす貰ひ牡丹は蕾哉　（六月号）
高麗人の白きが遊ぶ若葉山　（六月号）

島火事を芭蕉の窓に見る夜哉　　（十一月号）

など、ほとんど毎号のように「募集俳句」や「雑吟」の欄にその名が登場している。

ちなみに、明治四十年『宝船』八月号には「船の出を待つ朝顔の茶店かな」が「募集俳句（一嚢選）」に入選しているが、同じ俳句「舟の出を待つ朝顔の茶店かな」が京都の俳誌『懸葵』明治四十一年十二月号の「懸葵五句集結果」の四点句として所収されている。この五句集は、明治四十年七月に募集されたものであり、この明治四十年の夏ごろから『宝船』および『懸葵』の二誌に投句を始め、本格的に句作を始めたと考えられる。

明治四十一年一月号の『宝船』「八方俳壇」には「鳳車送別句会（網干町）」の記事がある。おそらく姫路に駐屯していた第十歩兵師団に、一年志願兵として徴兵された時の送別会であろう。その当時の鳳車については、

（鳳車は）明治四十一年五月、増位梅隣館で播州俳句大会が開かれ、念仏堂前で記念撮影をした時、歩十に入隊していて、軍服のままで出席した。私はこの軍服姿の鳳車と並んで、レンズに向ったことを覚えている。（『近代播磨文学史――鷺城文壇を中心とした――』橋本政次　昭和三十九年六月五日　近代播磨文学史刊行会）

との証言もある。

注① 芹田直得氏（鳳車の長男）、定身氏（鳳車の次男）談。同内容の記事が「鳳車逸話」（『層雲』昭和三十年六月号　井出逸郎）に掲載されている。
注② 鳳車第三句集『自画像の顔』（昭和二十九年十月二十五日）。鳳車の死後、直得氏によって出版される。鳳車の手による略歴（途中まで自筆と注がある）が巻末に掲載されている。

二、上京

翌明治四十二年、軍隊から戻ってきた鳳車はその春に日本大学部商科正科に編入学のため上京している。早速、東京でも句作に励み、自ら「木吾会」という句会を催し、たびたび『懸葵』に報告をしている。このころから、『宝船』への投句はめっきりと減り、もっぱら『懸葵』を活躍の場としていたようだ。『懸葵』への投句は明治四十三年にまで及ぶ。

混沌の太古にかへる朧かな　（明治四十二年三月号）
夕立は湖南に過ぎて燕空　（明治四十二年六月号）
家一軒裏藪拓く夏野かな　（明治四十二年十月号）
弾初や霜木にひゞく撥のさえ　（明治四十三年一月号）
拳より小さき木魚や躑躅寺　（明治四十三年六月号）

泳ぎ傷や風呂たく人に犬慣れて　（明治四十三年十一月号）

明治四十三年十一月号以後、『宝船』にも『懸葵』にも、鳳車が投句をした形跡は見つからない。明治四十四年の三月に日本大学部商科正科を卒業し、明治四十五年に横浜生命保険株式会社に入社するなど、この時期の鳳車はいわゆる就職活動や結婚という、自立と生活の安定に向けて忙しい日々を過ごしていたようだ。鳳車は東京市（当時）の市役所の東京湾沿岸部の埋め立て事業の事務所にも勤めていたことがあるというから、あるいはこの前後にそういう勤めもしていたのかもしれない（注③）。

大正二年十二月、鳳車は芹田家の一女敏子に入婿し、児島姓から芹田姓となった。芹田家は、姫路藩当主酒井氏とは遠縁にあたり、もともと儒学者の家であった。版籍奉還・士族解体の流れの中、当時の酒井氏当主に命ぜられ、姫路城下の水尾神社の神官となったという。敏子との間には二男三女を設けた（注④）。

明治から大正に元号も変わり、新たな時代が始まったが、鳳車にとっても新たな出発の始まりであった。

注③　「鳳車逸話」（『層雲』昭和三十年六月号前掲）には上京後間もなく勤めたとの記事がある。
注④　長女千里、二女萬里子、長男直得、次男定身、三女咲子。

三、『層雲』創刊

明治四十四年四月、荻原井泉水によって『層雲』が創刊された。この創刊号から、鳳車の名前は見ることができる。

荒馬潰し見て青麦の帰路寒し　(明治四十四年四月号)
惜別を知らず遠路す野の蛍　(明治四十四年八月号)
茶屋萩に曇り見て帰航急ぐこと　(明治四十四年十一月号)
渦に巻かる蛇捨て竿や稲妻す　(明治四十四年十二月号)
枯野雨炭濡らさじを藪婆が　(明治四十五年三月号)

など。いずれも『層雲』課題俳句欄への投句作品であり、選者は桜磈子や花渓楼、碧童、八重桜など。当時の碧梧桐を取り巻く日本俳句の馴染みの顔ぶれが交代で選者をつとめている。このころの鳳車の作品を見ていて気が付くのは、新傾向俳句とも呼ばれた日本俳句独特の難解な用語や言い回しを多用せず、比較的平易な表現であることと、このときすでに破調の句が多いということである（強いていえば「渦に巻かる」「枯野雨」の二句の表現は新傾向俳句的な言い回しである）。

明治四十四年、四十五年当時は、河東碧梧桐が唱える新傾向の俳句を標榜する作品が俳壇の主流となっており、そもそも『層雲』もこの新傾向俳句の流れを汲む雑誌であった。また、さらに井泉水自身は明治四十三年に『懸葵』の選者にもなっており（募集俳句「初嵐」一回のみ）、また二度にわたって『層雲』の創刊予告の広告が『懸葵』誌上に掲載されたことなどから見ても『懸葵』の作者たちは創刊前から、『層雲』に対して深いかかわりを持ち、強い関心を寄せていたと考えられる。事実、『層雲』の初期には『懸葵』の投句者たちも多く句や文章を寄せていた。

しかしながら、大正二年ごろから、井泉水の論調は脱新傾向、脱日本俳句の方向をみせるようになる。大正三年には井泉水は碧梧桐やその周辺と対立、碧梧桐らの方が『層雲』を去っていくことになる。

ところで、鳳車は、当時流行りの新傾向的な表現の俳句をどちらかといえば苦手としていたようである。その当時、隆盛を極めていた日本俳句欄にも投句をしていた形跡はない。『宝船』『懸葵』に投句しているころから季重なりが多く、逆にいえば、それだけ自分の印象に忠実な作風であった鳳車には、理屈っぽく難解晦渋な新傾向俳句は肌に合わなかったのであろう。鳳車は自身の略歴に「荻原井泉水師の『昇る日を待つ間』、『蛇の言葉』を読みて大いに感激し、」と書いている。「昇る日を待つ間」は大正二年一月号より、「蛇の言葉」は大正三年九月号より、どちらも『層雲』巻頭に掲げられた井泉水の提言である。いわく、

□俳句界の夜は明けやうとしてゐる。新しい太陽が雲を出やうとしてゐる。
□我々は旧来の俳句に於て、俳句といふ既成の型を与へられてゐた、それに当てはめて句作してゐたのである。俳句といふ詩のリヅムをさながらに表現することが許されなかつた。つまり、我々は俳句の形式に捉はれすぎて、其の精神を逸してゐたのであつた。
□我々は又、俳句の為めに、此の俳句を根底から築き直さねばならない。俳句に於ける表現の意義を徹底せしめねばならない。（「俳句よ覚めよ」大正二年一月）
□我々は直に我々の内を捜って、我々の生活を離れず、その底に流れる偉大なる自然味に触れなければならない、現実であって其理想を含むもの、刹那々々に消え去りつゝ永恆の相を示してゐる自然味に触れなければならない。
□俳句がめざしてゐるのは此の——我々の内にある自然味である。
（「主観主義と客観主義」大正三年二月号）

等（いずれも「昇る日を待つ間」より）。俳句表現の新たな表現可能性と目指すべき世界が提示されている。

これらの言葉に勇気付けられたのか、鳳車は、

球場淋し春雪に一人コヽワ飯む（ママ）　（大正二年四月号）

森の奥冴返る水の揺れてあり　（大正二年六月号）
傘場外田鶴鳴いて田水朧なる　（大正二年六月号）
鋳場を出て雨を見る夏近き樹々　（大正二年六月号）
耕牛に沼立ち鳥の落す羽や　（大正二年六月号）
五月雨の夕晴や市煙太る頃　（大正二年十月号）
糸瓜二葉に五月雨るゝ河岸の貸船家　（大正二年十月号）
縞見本みまどふ日幟はためけり　（大正二年十月号）
雲の影に樺揺ぐ田道来し日傘　（大正二年十月号）

などの、自分の印象に忠実な表現としての破調の句を量産し、これらはすべて井泉水の選（「雲層々」）により『層雲』誌上に掲載された。ことに、大正二年六月号は鳳車の作品がそれまでで一番多く掲載されている。井泉水の理論を鳳車が実践し、鳳車の実践を井泉水が理論付けるという相互関係がこのころから形作られていった。

四、二人三脚

大正三年十二月号「我児の秋」で、いわゆる巻頭を飾ったのを皮切りにして、鳳車の作品は『層雲』の代表的な作家としての地歩をかためていく。『層雲』のトップを主宰である井泉水の文章が飾り、その直後に鳳車の作品が掲載される。このような形での二人三脚が続いた。

大正五年九月、第一句集『雲の音』刊。井泉水は次のような言葉を序に寄せる。

ほんとうに自然を解するには眼や耳の感覚を離れて、直に自分の心を以て自然の心を映し、自然の姿の中に自分の姿を見出さねばならない。（中略）かういふ意味から私は芹田鳳車氏の新しい俳句を推奨したいと思ふ。

（『雲の音』序文　荻原井泉水）

つゝましく日は暮れて雲は片寄れり　（大正三年）
寒き陽溶かして行方も知らず流るゝ潮　（大正三年）
木かげ静かに鳥の影のみ動く昼　（大正四年）
白き手あげて髪を梳く妻のうしろ暮る　（大正四年）
陽がみちあふれ吾が全身を覆ふ空　（大正五年）
三つとなりて水の上を飽かずとぶ蝶々　（大正五年）

大正五年から六年にかけての鳳車は、実生活においても充実した日々を送っていた。社用による出張も多く、国内を飛び歩いていたようだ。そのような鳳車を迎えての地方各地での歓迎句会の記録や、熊本の種田山頭火や山口の久保白船などの地方の同人を訪ねた鳳車の報告なども、『層雲』の誌上に見られる。積極的に地方の同人たちと広く親しんで交流し、『層雲』誌の内外での活動ももっとも充実していた時期であった。

大正六年の一月、井泉水は関西方面を旅行している。この時、姫路増位山温泉に泊まっているが、その井泉水を姫路駅に出迎えたのは、在姫路の井泉水の弟子山本三蘇と鳳車の姉みよであり、宿で迎えたのは兄博作であった。また、翌日、井泉水は鳳車の実家を訪れ父善太夫にも会っている。この時、鳳車自身は同行していないが、実家の児島家の歓待からも鳳車の井泉水への傾倒振りが察せられる。

大正八年三月、鳳車の自宅で句会と研究会とを兼ねる「生くる日の会」第一回が開催された（『層雲』四月号に予告）。

私達お互の生きて行く日は寂しい。私達は人間同志の愛を頒ち合ふことを恒に欲してゐる。殊に或る機縁に連なつて、或る交渉をもつて生きて行く人間同志はより大きな愛を頒ち合ふために、その機会を作らうとする。（後略）

（『層雲』大正八年五月号）

という趣旨で横浜近辺在住の同人たち七人が集った。毎回、井泉水を迎えて新刊の思想書や詩集などの読書会を開き、深く学ぶことのできる会にする計画であったようだ。この会は月に一度横浜の同人たち宅を巡り、五、六回まで会を重ねたところでいったん休止する（注⑤）。

大正九年、第二句集『生ある限り』刊。この年、ほぼ同時期に井泉水の第一句集『井泉句集』が刊行されている。

私は、此句集の出版に、人々が「自分」といふものに対してのみ持ちうるやうな或る偏愛を感ずる。その感じは私の『井泉句集』第一巻に於て欠けてゐるものを、此の句集が私に代つて満たしてゐるといふ感じかもしれぬ。私の句集は大正五年に打切つてあるが、此句集は大正五年を始めにして極めて最近までの作を輯めてある。私の句集が行き得てゐるより先の句境を此の句集は語つてゐる。

（『層雲』大正九年十二月号広告推薦文）

此の地上に生きることは淋しい喜びである。生命の悩ましさを感ずる心は水底のやうな淋しさに澄む、その淋しさの滴るものが凝つて芸術となる。又生命の揺ぎを感ずる心は浪立つやうな喜びにふるへる、その喜びを焼きつける為めに言葉のリズムが選まれる。（中略）私達の日常生活を正しく体し、誠に見、そこに真実の心を汲む者は、常に自分の生活に「詩」を持つてゐる筈である。

（『生ある限り』「序文」荻原井泉水　大正九年十二月十五日刊）

この井泉水の推薦文および序文は、鳳車の作品が、当時の『層雲』の目指していたものに近づき、当時井泉水の考えていた『層雲』らしさをもっとも体現したものであったことの証左としてよいだろう。

一人となれば罌粟の花いよよ輝けり　（大正五年）

真昼淋しく糸をはりつつ生くる蜘蛛　（大正五年）
泣かず遊べと子をさとし今日も家を出る　（大正六年）
駈けて戻るに闇の奥また闇のあり　（大正六年）
水たまるまで降る雨に雲雀さへづれり　（大正六年）
井戸のふかさに一日のひかげしづみたり　（大正七年）
色もえさかる樹樹の葉はもう真昼なり　（大正七年）
人を焼くとていのちある人あつまれり　（大正八年）
葬列導かる静かなる野に道はあり　（大正八年）
やうやく吾が身のからだとなりし空あほぐ　（大正九年）
嵐あとなし生ありて草うすく匂へば　（大正九年）

以上、いずれも『生ある限り』より。一部表記の上で手直しがあるものの、『層雲』に掲載されたものから採録されている。

注⑤　「生くる日の会」は昭和十七年二月鳳車宅にて再開。数回行われた。

五、鳳車の沈黙

大正十一年、鳳車の私生活では妻敏子、長女、次女三人が続けて肺結核を発病し、さらに鳳車自身が会社の内紛に巻き込まれて失職するなど、その身辺には大きな変化が起きていた。鳳車の死後、長男直得によって出版された遺句集『自画像の顔』（昭和二十九年刊）巻末に採録された鳳車自身による略歴では、

大正十一年頃より、妻敏子、二女萬里子、長女千里、相次で発病。其上、著者の失職等あり。其身辺多事多端を極め、内外共に生活に大動揺あり。昭和八年二女、昭和九年妻、昭和十年長女長逝せし迄は快々として楽しまず、句作渋滞、作句も又極めて少なし。其後後妻ヤス子を娶り（注⑥）、漸く安定を得、昭和十一年頃より再び句作に専念するに至れり。

と、家庭内での不幸が鳳車の句作の意欲をとどめたかに見える書き方をしている。しかし、『層雲』誌上を見る限り、実際に句作の滞ったのは大正十一年三月号から大正十四年四月号まで。それまで、毎回ほぼ欠かさず投句してきた鳳車だったが、この間たった一度大正十二年六月号に作品を発表した以外に『層雲』の誌上にその名前を見ることはできない。そして、大正十四年五月号で雑吟の選者となって誌上に復帰したのをきっかけに、再び投句を始めるとその後は、戦争で俳誌統合が行われた昭和十九年前後をのぞいてほぼこれも毎号作品を発表し続けている。したがって、略歴で鳳車自身が語るような家庭的な理由によって実作を離れたというのは表向きの口実にすぎない。

大正十一年四月号から『層雲』の組織が改変される。それまで井泉水を主宰とする井泉水の個人誌

であったものが、社友による共同経営という社友制度の導入に伴い、実質的な編集責任を小澤武二が行い、井泉水は一部の選句や評論に専念することになったのである。『層雲』に掲載された役員は次の通りである。

主幹　荻原井泉水　　理事　小澤武二
評議員　荻原井泉水　小澤武二　岡栄一　中村静雄　山本蒼天　松村紅珠玉　小林巴水郎　小松崎翔陽　秋山秋紅蓼　藻谷草土子　鈴村日梢
相談役　井上一二（香川県）内島北郎（京都府）野阪青也（鳥取県）栗林一石路（長野県）久保白船（山口県）山岡夢人（北海道）小林銀汀（新潟県）青木此君楼（広島県）木村緑平（福岡県）木戸夢郎（大阪府）東海林灰斗（秋田県）芹田鳳車（神奈川県）阡陌餘史郎（上海）鈴木黙哉（福島県）

この体制で丸三年『層雲』は運営された。が、多くの有力同人の沈黙（一石路や鳳車などは一切投句をしなかった）、井泉水への多くの強い要望もあり、大正十四年四月号から再び井泉水の個人誌に戻ることになる。

層雲は先生がつくられたものであり、先生に依て生長したものであり、先生に共鳴した結果の誌友であり、先生を離れて層雲を考へる事は出来ないと思ひます、私は再び層雲が先生の手に帰するといふ事は欣喜に堪へません。

（『層雲』「麻布より」大正十四年三月号）

と、鳳車は素直にそのことを喜んでいる。鳳車にとって『層雲』はあくまでも井泉水のものであり、井泉水の手に依らない誌上には投句する気にはなれなかったのであろう。こののち、昭和十四年一月、井泉水は再び『層雲』を小澤武二に委ねる意思を表明することになる。この時も周囲の反対は強かったようではあるが、さすがにもう、鳳車も沈黙することはなかった。

注⑥　昭和十一年五月西島保子と再婚。

六、晩年

昭和二十七年十一月、妻保子と娘咲子を伴い、横浜の自宅を処分して姫路の芹田家へ戻るが、一年とたたず昭和二十八年五月に再び上京する。上京して間もなく、妻とは離婚。鳳車はひとまず長男直得の東京目黒の下宿に身を寄せた。この下宿で新居を計画中、「気分が悪い」と言ったまま卒倒、昭和二十九年六月十一日、帰らぬ人となった。

鳳車の晩年は健康の上でも決して恵まれたものではなく、昭和二十三年には、出社途中に自動車にはねられて骨折、数カ月にわたっての療養生活を送る。同じ年十月には、取締役まで務めた板谷生命保険株式会社が解散、鳳車はそれを機に会社勤めを終え悠々自適の生活に入ったものの、翌昭和二十四年には最初の脳溢血に見舞われる。幸いこの時は軽い症状ですみ、亡くなる直前の昭和二十九年六月号まで『層雲』への投句は続けられた。この昭和二十九年十一月に遺句集『自画像の顔』が直得によって刊行されている。生前に鳳車自身が準備していたものに加え、後から直得が鳳車の句作のノートから拾い出したものも含まれており、『層雲』に未発表であった作品も所収されている。

ポケットに手を入れて影をつれている　(昭和三年)
落葉、毎日のやうに娘が外を見ている　(昭和七年)
落葉するここにも居ない　(昭和九年)
春をのこして暮れる日の水のあるバケツ　(昭和十三年)
時刻がバスに揺られて街を街を桜ちりいそぐ　(昭和十七年)
せみなく子供向ふむいて一人遊んでいる　(昭和二十五年)
一人では生きて行けない一人になつている　(昭和二十六年)
一個の物体林檎が一つまあるく黙す　(昭和二十七年)
水の辺に来て春のゆく水の向うの山　(昭和二十九年)

井泉水は鳳車のあり方を評して次のように述べる。

一つの灯火が断えることなくじいつと灯つていたような姿である。灯火がともつているということは如何にも平凡なことだけれども、此平凡のようなことが貴いのである。（中略）たとえば海を照らす灯台のような光として、鳳車は層雲の一地点に高く位置していた。

（「享受する心」『層雲』昭和二十九年七月号）

付記　本文、引用文とも、旧漢字は当用漢字に置き換え敬称は略した。また、この章を起稿するにあたっては、芹田直得、定身、咲子各氏、児島寛一、誠治両氏の談話によるところが大きい。質問の一つ一つに丁寧に答えていただいた。心より感謝を申し上げます。

著書

句集『雲の音』（現代通報社　大正五年九月一日）
句集『生ある限り』（現代通報社　大正九年十二月十五日）
句集『自画像の顔』（層雲社　昭和二十九年十月二十五日）

参考文献

『網干町史』（川嶋右次・藤本槌重　中島書店　昭和二十六年一月一日）
『近代播磨文学史――鷺城文壇を中心とした――』（橋本政次　近代播磨文学史刊行会　昭三十九年六月五日）

（わたなべじゅんこ）

平畑静塔

男より掬ひ始めぬ夜光虫　（『月下の俘虜』昭和30年刊）

葭切がかぼそき電話線つかむ　（『月下の俘虜』昭和30年刊）

天辺に紅葉嫌ひの馬が立つ　（『旅鶴』昭和42年刊）

秋風や岩に置くべき聖歌集　（『栃木集』昭和46年刊）

森林浴互《かた》みに心透けて見え　（『矢素』昭和60年刊）

平畑静塔《ひらはたせいとう》　本名・富次郎。明治三十八年、和歌山県海草郡和歌浦町（現・和歌山市）に生まれる。大正十五年、京都帝国大学医学部入学。同年京大三高俳句会に入会し、機関誌「京鹿子」への投句も開始。昭和二年から「破魔弓」（後の「馬酔木」）、三年から「ホトトギス」に投句。八年、「京大俳句」を創刊し編集を担当。十五年、京大俳句事件により検挙される。十九年応召、中国戦線にて陸軍病院の精神病棟を担当。二十一年、復員。同年より、西東三鬼、橋本多佳子らと奈良（日吉館）句会を毎月開催。二十三年、山口誓子を中心とする雑誌「天狼」創刊、同人として参加。二十六年、カトリックの洗礼を受ける（のち離教）。三十七年、栃木県宇都宮市・宇都宮病院の院長に就任。平成六年、山口誓子死去により「天狼」終刊。同年、山口超心鬼主宰の俳誌「鉾」に名誉顧問として招聘される。平成九年死去、享年九十二歳。主要受賞歴に第五回蛇笏賞、第一回詩歌文学館賞、第七回現代俳句協会大賞等がある。

一、生い立ち

平畑静塔は明治三十八年、和歌山県和歌浦町に生まれた。和歌浦町は広い意味で和歌山城の城下と言ってよい地域で、現在では和歌山市内に編入されている。静塔の父方の祖先は、もと三河の下級武士であったが、十七世紀に紀州徳川家が封じられた時、徳川頼宣に同行してこの地にやって来たのであった。

和歌山の風土は、御三家の一つが置かれ武道が奨励されていたためか、それとももともと漁業を中心とした男性的な土地柄であるゆえか、柔和さよりも荒々しさを感じさせるところがある。和歌浦町は漁村であったから、なおさら洗練とは縁遠い武骨な土地柄であった。静塔のことばを借りれば、「町中は殺風景な漁村だから、町に一本の大木もなく、庭木を大切にする家も殆どなかった」「表へ出れば若者も壮者も、男も女も、平気で性的な放言をわめくような日本漁村」であった。そんな空気に反発して、少年時代の静塔は「横浜植木会社から美しい草花のカタログを取り寄せ、とうとう花種や球根をとり寄せて庭の片隅に植えて育てようとしたのである」（平畑静塔「原体験など」）。

静塔の句風を考える際には、この和歌浦での原体験を抜きにして語ることはできないであろう。静塔の俳句は全体にごつごつとして男性的であるという印象を与えるが、また時として非常にセンチメンタルな一面を見せることもある。前者、すなわち静塔の武骨さはまさに和歌山の風土に育まれたものであったが、一方後者のセンチメンタリズムは、郷土の荒々しい気風に反発してきたことから生まれた裏返しの心情なのである。

二、京大三高俳句会

静塔は大正十五年四月、三高から京都帝国大学医学部に進学した。その後間もなく、同郷のクラスメイト、中井不美路に誘われて、京大三高俳句会に出席した。静塔の俳句で初めて活字になったものは、「京鹿子」大正十五年十月号の「京大三高句会報」に掲載された、

御城下や今も蓮の武家屋敷

であると思われる。和歌山市内の武家屋敷に題材をとった作であった。

この俳句会は、そもそも大正八年に日野草城が友人たちとともに発足させた「神陵俳句会」が前身であった。この会からは五十嵐播水、山口誓子などの作家が頭角を現し、関西におけるホトトギス派の重要な核になっていた。草城、誓子ら第一波の作家が大学を卒業していくと、会の勢いも下火になっていったが、大正末から昭和の初めにかけて中村三山、井上白文地、静塔、長谷川素逝、藤後左右ら、熱心な学生が相次いで入会し、新たなピークを迎えることになった。

静塔らは虚子選の「ホトトギス」や秋桜子選の「馬酔木」などに毎月投句して成績を競っていたが、彼らの中でいち早く認められ、活躍したのは、藤後左右であった。

加太の海の波のり舟ぞ若布刈り
三人に落花の庭の道成寺

などの句によって、左右は昭和五年六月の「ホトトギス」雑詠で巻頭を得た。実はこれらは静塔が左右らを故郷の和歌山に案内した時の作で、後句に出てくる「三人」とは、左右、静塔、野平椎霞のことだった。

「ホトトギス」での静塔は、結局三句組まで進出するのがやっとで、脚光を浴びるには至らなかった。同誌発表の静塔の句には次のようなものがあった。

滝近く郵便局のありにけり
燈籠と泳ぎ別るる荒男見ゆ
海苔採ると櫛笄を外づすなる

三、京大俳句事件

大正から昭和に移るこの時期、俳句界は四Sによる黄金時代を迎え、水原秋桜子、山口誓子、高野素十、阿波野青畝の四人が「ホトトギス」雑詠で活躍していた。静塔たち京大俳句会員たちは、中でも秋桜子、誓子のモダンな句風に強い共感をおぼえていた。

しかし高浜虚子と水原秋桜子の関係が悪化して、昭和六年、ついに秋桜子がホトトギスを脱会するに及んで、ホトトギスと馬酔木、両方に関わりを持つ、静塔ら京大俳句会員の立場は微妙なものになった。秋桜子と親しかった中村三山は、馬酔木への参加を強く呼びかけられたものの、ホトトギスへの未練もあり、非常に苦しい状況に追い込まれたのであった。

一方、「京鹿子」は昭和七年から、大学俳句会の機関誌であることを止め、鈴鹿野風呂主宰の結社誌へと移行していた。このことに反発を感じていた俳句会員、中でも三山、白文地、静塔、左右の四人は、新しい機関誌の創刊を企てた。こうして静塔を編集者とする新雑誌「京大俳句」の創刊号が、昭和八年一月号として刊行された。彼ら京大グループは、新雑誌での活動に注力するようになり、昭和十年には「ホトトギス」、「馬酔木」、両方の雑誌への投句を中止している。

「京大俳句」と銘打たれてはいるものの、創刊時には静塔ら主要メンバーはすでに大学を卒業していた（静塔は精神科の助手として京大附属病院に勤務）。この雑誌は書店売りも行っていて、購読会員は

「誌友俳句」欄に投句することができたし、また後には会員以外の新興俳句系作家の作品も掲載するようになった。「京大俳句」は、大学俳句会の機関誌というよりは、今日の同人誌と総合誌の中間を行くような形態の雑誌となっていった。静塔は、「私は相当長く俳壇に居るんだが、自慢をするとね、俳句雑誌の一つの型を作つたのは私だと思ふ」（静塔・西東三鬼「へんな対談」）と語っているが、編集長として新しい俳句雑誌のスタイルを作り上げた彼の功績には非常に大きいものがある。

昭和九年、西東三鬼という名前の購読会員が「京大俳句」に俳句を送ってくるようになった。その作品の多くが季語を含まない、無季俳句であることは、静塔らを驚かせた。興味を持った静塔は、この年の夏に三鬼を、東京・神田の彼が勤務する病院に訪問している。この時以来、三鬼と静塔は生涯の友人として交際を始めるのである。

創刊当時は京大俳句の作風はホトトギスや馬酔木の影響が濃いものであったが、三鬼の影響を受け、十一年ごろから無季の俳句が盛んに発表されるようになった。これに反発して、顧問の一人であった山口誓子は同誌を離れた。一方、十年には三谷昭、清水昇子、和田辺水楼、十二年には仁智栄坊、十三年には石橋辰之助、杉村聖林子、高屋窓秋、十四年には渡辺白泉と三橋敏雄が会員となり、京大俳句は新興俳句の中心的グループになっていった。

昭和十二年七月に日華事変が勃発すると、俳句界では戦争に題材を採った俳句が数多く作られるようになってきた。中でも京大俳句の会員たちは、「戦火想望俳句」と呼ばれる、戦場の風景を空想的に描いた句を積極的に制作し、発表した。戦争はホトトギスの花鳥諷詠の世界とは対極にある、季節感とは関係の薄い苛烈な現実であり、無季による表現の可能性を試すには絶好の題材と考えたためであった。しかし戦火想望の空想的な作句態度は、実体験・実感に基づかない不真面目なものであるとして、加藤楸邨や大野林火などの俳人から激しい批判を受けた。

射撃手のふとうなだれて戦闘機　　仁智栄坊
逆襲ノ女兵士ヲ狙ヒ撃テ！　　西東三鬼
ガスマスクやけに真赤な雲だけだ　　平畑静塔

戦闘機とか女兵士とかガスマスクとか、当時においては新奇であった題材を、アイディアを凝らして俳句に詠みこもうとしている。しかし今日の眼から見ると、作者が新しがって用いた題材がかえって古臭く感じられる。現代のハイテクを活用した殺戮戦争に比べると、静塔たちによる当時の近代戦の描写は、妙にのんびりしたものに感じられてしまうからだ。結局のところ、戦火想望俳句は時代を超えて人の心を打つだけのリアリティを欠いていたということであろう。

さて、京大俳句の同人たちが俳句の新領域を開拓しようと夢中になっていたころ、彼らの上には警察の魔の手が伸びようとしていた。京都府警察部特高課が、京大俳句グループを共産主義者の集団として摘発しようと狙っていたのである。十三年ごろから京大俳句の句会に初顔の参加者が現れて、何やらメモを取っていったり、静塔や三山の家を特高が訪問するというような出来事があったりして、会員たちは不穏な空気を感じていた。

昭和十五年二月十五日、特高は静塔、白文地、三山、栄坊ら八人を治安維持法容疑で一斉に検挙した（京大俳句事件）。彼ら八人は警察や軍隊を揶揄するような俳句を発表したことはあったが、共産主義者として活動したことなどまったくなかった。静塔は「プロレタリアリアリズム」などといった左翼的な用語を使った文章を書いており、これが弾圧の口実に使われた。しかし静塔は政治活動と無縁であり、事件は警察が点数稼ぎをするために架空の筋書きを書いた、でっちあげであった。俳句弾圧事件は第四次まで続き、白泉、辰之助、三鬼ら新興俳句の主要作家が次々検挙された。

取調べ中静塔は、自分一人が真の共産主義者であり、それ以外の者は自分の扇動に多少バツを合わせたにすぎないと警察に供述した。自分の軽率な雑誌運営によって多くの俳人に被害が及んだことにつき、静塔が苦い思いにとらわれ、自分が責任を負おうとしていたであろうことは容易に想像できる。

第一次検挙者のうち、起訴されたのは静塔、栄坊、波止影夫の三人であった。十六年二月の公判で、彼ら三人は懲役二年執行猶予三年の判決を受けた。

四、日吉館句会

俳句事件後の静塔は、句作を断ち、京都市内の私立川越病院で精神科医としての仕事に没頭した。太平洋戦争が始まり戦況が悪化する中、昭和十九年十一月に応召、中国戦線に送られ、軍医として南京の陸軍病院精神病棟に配属された。終戦後は上海集中営に移動して軍医としての仕事を続けながら俘虜生活を送った。そして二十一年三月に内地へ帰還。

岡山の妻の実家にとりあえず身を落ち着けると、そこには西東三鬼からの手紙が転送されていた。三鬼は神戸で終戦を迎え、自らの手で俳壇を復興させようという意気に燃えていた。静塔はとりあえず京都の病院に復職、二十一年五月ごろ神戸の三鬼館を訪問した。事件以降、俳句の世界には戻るまいと考えていた静塔であったが、三鬼に煽られて、再び句作への意欲を取り戻すようになった。

一方これに先立ち、三鬼は奈良県あやめ池に住んでいた橋本多佳子の知遇を得た。多佳子は山口誓子に師事し、作品を「馬酔木」に投句していた。三鬼は静塔を多佳子邸に案内、こうして後に天狼の重要なメンバーとなる三人の出会いが実現したのであった。

この年の十一月、東京から秋元不死男と石橋辰之助が関西にやってきて、三鬼を訪問した。二人を歓迎するために、三鬼のほか静塔、多佳子、榎本冬一郎、波止影夫、桂信子、伊丹三樹彦らが奈良の旅館に集まり、句会を開いた。静塔は次のような句を出句した。

秋祭リボン古風に来たまへり
秋の夜の「どん底」汽車と思ふべし

西東三鬼はこのころ、誓子を担ぎ出して新雑誌を発行しようと企て、多佳子や静塔にも相談を持ちかけていた。誓子は伊勢で病気療養中であり、健康面に自信がなかったこともあって、三鬼らの誘いにもなかなか重い腰を上げようとはしなかった。しかし昭和二十二年の夏には決意を固め、三鬼、多佳子、および冬一郎に雑誌の計画を進めるよう、ゴーサインを出した。

三鬼たちは雑誌発行に先立って、関西在住の主要メンバーによる句会を毎月奈良で開くことにした。前年の句会を引き継ぐ形で始めたのである。場所は旅館、日吉館。毎月第一土曜の夜、一泊して、徹底して句評を行おうというものであった。出席者は三鬼、静塔、多佳子、冬一郎、右城暮石、古屋ひでを、津田清子、堀内薫といった人々であった。これが有名な奈良句会（日吉館句会）である。

終戦後間もない、日本が貧困にあえいでいたこの時期、旅館の宿泊代を工面するのはそう容易なことではなく、また毎月泊まりがけで句会を行うというようなことを続けていくのも、尋常な業ではなかった。しかし三鬼や静塔や多佳子は、戦争によって貴重な青春を空しく過ごしたことに焦燥を覚えていた。失われた時を取り戻すため、激しい句会の中に自分たちを没入させていったのであった。

三鬼、静塔両氏は所謂京大俳句事件以後句作から遠ざかっておられたし、私も又、戦争中の空白を埋めようとし、三人とも必死であった。ことにこれ迄温室育ちであった私にとってはこの「奈良俳句会」は驚異そのものであった。何しろ冬は三人が三方から炬燵に足を入れて句作をする。疲れればそのまま睡り、覚めて又作ると云う有様であり、夏は三鬼氏も静塔氏も半裸である。別に深窓育ちというわけでなくとも、奥様時代の私の世界は完全に吹き飛ばされてしまった。

（橋本多佳子「日吉館時代」）

多佳子の代表作の多くが日吉館時代に生み出されており、静塔もまたこの時期に自分の作風を確立した。奈良句会は、昭和二十八年に誓子が伊勢から西宮へ移住し、彼らグループの活動が誓子中心に動くようになるまで続いたのであった。

五、愛生園・光明園

静塔は昭和二十一年の九月に大阪女子医学専門学校の教授に就任、医専の句会にも参加した。この句会からは八木三日女、外池鑑子、浜中董香、渋谷道などの作家が出た。

二十二年の夏、静塔は女子学生十数名を連れて、岡山・長島のハンセン病療養施設、愛生園および光明園を訪問した。光明園では、夜、盆踊りが催され、静塔も女子学生に呼ばれて患者たちの踊りの輪に加わった。この経験をもとに作られたのが有名な次の句である。

我を遂に癩の踊の輪に投ず

この句に対しては、山本健吉がかなり辛辣な批評を加えている。山本はこの作を、キリスト教的なヒューマニズムに基づいた、ハンセン病患者に対する慈しみの心を示した句であると見なし、その上で「「我を遂に」の句はなんらイロニックな把握を持っていない点で、俳句固有の骨格を持っているとは言えないのである。六つの単語を一本調子に結び合わせて、散文的に奇もなく言い下している」（山本健吉『現代俳句』）と否定的に論じているのである。

しかし私は、この句が果たしてキリスト教的慈しみの心に基づいて作られたものかどうか、かなり疑わしく思っているのである。そもそも今日的感覚から言えば、ハンセン病患者たちのことを「癩」などと呼ぶこと自体、人権上問題があるとして指弾されかねない。もし本当に静塔が患者たちに親しみを覚えて、彼らを自分の朋友のように感じていたとしたら、彼らが踊るさまを「癩の踊の輪」などときつい響きのする表現で描写できたかどうか。私には静塔は、患者たちを慈しんでいるというよりも、むしろ自分とは遠いところにいる、大きな災厄を負った人々として距離を置いて見ているように思えてならない。ところが盆踊りの一夜、作者は思いがけずも、遠い存在だった患者たちの中に巻き込まれて、同じ輪の中で踊ることになった。この瞬間、静塔は大きな衝撃を覚えたのではないか。彼らに救いの手を差し伸べるというよりも、まるで突然、自分もまた患者の一人になったような、自分もまた大いなる災厄の烙印を押された人間となったような感覚を受けたのではないだろうか。そして烙印を押されていることに、快楽すら感じているようにも見えるのである。私にはこれは、山本の言うような「なんらイロニックな把握を持っていない」句どころか、不幸を客観的に見ていた人間が不幸の側に劇的に転落していく瞬間の心像を捉えた、きわめてイロニックな句であるように思える。

「我を遂に」の句には、どことなく悪魔的な匂いがある。炎に焼かれる蛾の快感のごときものを感じさせる匂い、人間による人間の救済を否定し、人間がどこまでも堕ちていくことを肯定するような匂いである。この句は、楽園の清浄とは正反対のところで生き続ける人間の妖しいエネルギーを示した、静塔の傑作である。

静塔は二十六年、カトリックに入信し、西宮トラピストで洗礼を受ける。山本はこの点をとらえて、静塔の俳句には信徒としての煩悶の跡が見られないということを攻撃したのである。山本にとっては、カトリック作家の文学といえば遠藤周作の小説のように、日本文化とキリスト教の矛盾から生じる内的な煩悶を描かなければいけないという先入観があるのであろう。しかしこれは私にはやや意地悪な、狭い了見であるように感じられる。静塔は後にカトリックの教義に疑問を感じ、離教している。その意味では静塔俳句におけるキリスト教の意味を過大に評価するのは適切ではない。

六、根源俳句と句集『月下の俘虜』

かねて三鬼らが発行準備を進めていた誓子を中心とする新雑誌は、「天狼」という誌名で昭和二十三年一月号からスタートした。誓子は創刊号に「出発の言葉」という一文を寄せた。

私は現下の俳句雑誌に、「酷烈なる俳句精神」乏しく、「鬱然たる俳壇的権威」なきを歎ずるが故に、それ等欠くるところを「天狼」に備へしめようと思ふ。そは先づ、同人の作品を以て実現せられなければならない。詩友の多くは、人生に労苦し齢を重ねるとともに、俳句のきびしさ、俳句の深まりが、何を根源とし、如何にして現るゝかを体得した。

誓子がここで用いた「根源」という語は、天狼の共通理念として扱われ、同人たちは「根源の追求」ということを創作や批評のよりどころと考えるようになった。「根源俳句」は天狼俳句の別名であった。

根源俳句とは、「実在の内奥に肉薄する俳句」（三鬼）であるといわれている。つまり、物事を俳句で描写する場合に、常識的な見方で描くことをよしとせず、常識を疑ってかかりその向こう側に内在するものを描こうとするのが根源俳句である。しかし一口に根源といっても、この語が含むニュアンスは天狼の同人ごとにかなり異なっている。三鬼、耕衣、不死男、静塔、みなばらばらである。ここでは、平畑静塔の根源論を、その評論をたどりながら見ていくことにしよう。

三鬼や静塔は、戦前の京大俳句時代には、高浜虚子を権勢欲にまみれた旧時代のボスと見なし、ホトトギスに対し否定的な態度をとっていた。しかし戦後になって、心を白紙にしてあらためて虚子の俳句を読んだ三鬼は、その意外な新しさに驚嘆した。静塔も三鬼の見かたに同意し、虚子の俳句を研究しなおすことの必要を痛感した。こうして書かれたのが、静塔の連載評論、「虚子・茂吉研究」(「天狼」昭和二十三〜二十四年)である。静塔は、虚子の俳句を茂吉の短歌と比較することで、俳句とは何か、俳句の特性とは何かという問題を明らかにしようとした。以下、静塔の文章を引く。

セルを着て白きエプロン糊硬く　　虚子（六百句）

感覚の出し方を極度に簡単明瞭にすることが、俳味の一つの要件である。しかし簡単だけではない。セルを着て白いエプロンをつけているだけの感覚では、俳味が発生しない。それはただ一つの画の感覚のみである。それを糊硬く、という感覚で押さえているから俳味が生まれるのである。(中略)不要の説明と不要の欲望を断ち切って、感覚を意志によって統一するところに俳味の特質がある。

わが前の畳に黒し秋の蠅　　虚子（六百句）

生きてほとんど飛ぶことをせぬ秋の蠅を、わが眼前の黄畳の上に黒しと見るは、冷酷なる精神であろうか、愛情ある精神であろうか。愛しても憎んでも黒しという感覚は生まれるであろう。俳味とは愛憎の情とは無関係な、表裏を見通した無限の生命を見つめる力から起きる感覚である。俳味というものは、普通の愛憎からは生まれない。

私の考える俳味なるものは、さらに具体的に定義するならば、無限を構成するところにあると思う。

俳句の省略は、句法の省略もさりながら、心持ちの省略ということの方が大きい。そしてこの心持ちの省略が、無限感を作るのに大きい役割をなしているのだ。（静塔「虚子・茂吉研究」）

このように静塔は、虚子俳句の本質を「俳味」という語で特徴づけた。自分のエモーションを表に出さず、現実を冷然たる感覚と意思を介して描き、それによって無限感を醸しだすのが虚子の俳味である。新興俳句時代に静塔たちが志していたような西洋近代的、進歩主義的文学観とは正反対の、没理想的、低回趣味的な虚子俳味の中に、彼は俳句表現の一典型を見出したのであった。

しかし静塔は、虚子俳味だけが俳句のすべてではないと見て、俳味のさらに先に根源俳句を打ち立てようとする。物象を永遠の相において捉えようとするところは虚子俳句も根源俳句も共通である。しかし虚子が作者の個性、自我意識を消却して、自我と自然が一体になった境地に立つことによって永遠相を実現したのに対し、根源俳句は「個」を手放さない。個の立場から世界を眺めようとする。そして個を手放さずして永遠を描くことに成功した先達が、短歌の斎藤茂吉であった。

俳味ということと根源精神ということとは、一脈通ずるところがあると同時にまた大いに相違するところがある。根源精神とは、物象の真を、その窮極の永遠相において把握せんとする芸術上の欲求であるとともに個の世界観である。

「我」が溶解していわゆる自然自己帰一の生命をなす者、それが取りも直さず俳人であり花鳥諷詠作家といわれる虚子である。この自然自己帰一の生命をなすという写生説の茂吉においては、

この夜は鳥獣魚介もしづかなれ未練もちてか行きかく行くわれも　（あらたま）

豚の仔と軍鶏ともの食ふところなり我が魂ももとほるところ　（あらたま）

のごとく、我はいまだ自然と対立し、作品の中で茂吉の自我がしっかとあぐらをかいて坐している。虚子にあっては「我」が自然に吸収されているが、茂吉にあっては「我」が自然を吸収せんとする。（静塔「虚子・茂吉研究」）

静塔は昭和三十年、第一句集『月下の俘虜』を出版した。ホトトギス時代から京大俳句時代を経て、

天狼に至る、約三十年間の作品を収録している。京大俳句時代の浮ついた句に比べ、戦後の句には写生的なものが多い。しかし写生と言っても花鳥諷詠的なものではなく、作者の「個」がどの句にも強く刻印されている。

『月下の俘虜』（「天狼時代」）より

男より掬ひ始めぬ夜光虫
木の葉髪脚は湖水に透きとほり
蛍火となり鉄門を洩れ出でし
鉄筋の壁にむかつてクローバー播く
晩禱や岩も輓馬も冷えはじむ
神父の手肉色走り蝿はらふ
白壁に消えも入らずに毛糸編み

これらの句は写生的な文体で書かれている。虚子俳句の再評価を経て、静塔は写生というポジションに立ち返ったのであった。しかし写生にあたっても、決して自我を自然の中に融解させるのではなく、自立した個の視点を残している。現場に静塔という強い個性を持った人間が立ち会っていることをありありと感じさせている。クローバーを播く情景を描く場合にことさらに「鉄筋の壁」などという非情な題材を組み合わせたり、神父の手を描写する際にそのなまなましい「肉色」に着眼したりするところに、自我の刻印が濃く残っており、現実の内奥にひそむ根源へ深く手を差し入れようとする静塔の方法論が表れている。このような方法論こそ、彼が斎藤茂吉から学び取ったものであった。

静塔は昭和二十六年に「俳人格」、二十七年に「昭和の西鶴――虚子の俳人格とその作品――」の二つの評論を執筆した。虚子の俳味というのは、虚子の没時代的、無懊悩の特殊な人格と離れがたく結びついたものであり、写生の方法は虚子の人生態度にまで化した。俳句を俳句たらしめ、俳句に俳句性を確立させるためには、そのような意味で俳人が自らの人格を一つの典型にまで発展させていくことが不可欠であると、静塔は主張した。静塔の俳人格説は天狼の根源俳句論を代表するものと見なされるようになり、山本健吉や中村草田男からの批判を呼んで、大きな論争を巻き起こした。

七、宇都宮へ

静塔は昭和三十七年九月、宇都宮病院院長に就任し、大阪を離れて栃木県宇都宮市へ転居した。四十二年に刊行した第二句集『旅鶴』は大阪時代の俳句を、四十六年に刊行した第三句集『栃木集』は、宇都宮移住前後からの作品を収録している。

種播きし手をひろげたり林檎載す　　　　『旅鶴』

菜の花は養老院の声殖やす
春の森ごつそり拓き立ち牛よ
陰々と男ばかりの稲じまひ
天辺に紅葉嫌ひの馬が立つ

入国の足は落穂を避けゐたり
峡中に顔を集めて冷し馬
蝶一つ火山灰地の畝もろし
雉を撃つ古き清教派に属し
秋風や岩に置くべき聖歌集
雨神《あま》輿われは濡れたる百合起す
山中の枯を深めぬ木橇去り

『栃木集』

『栃木集』は東国の荒削りな自然を描いているが、そこに感傷的な甘美さが入り混じって、不思議な響きを作っている。「聖歌集」の句、岩に秋風が吹いているというのは荒涼たる風景であるが、岩の上に一冊の聖歌集を置いて人間の心のぬくもりを風景にとどめたいと述べたところに、静塔のセンチメンタリズムがある。「山中の枯」の句、山の中の林を木樵が去り、無人になった眺めは、たいへん殺風景なものだ。しかし「枯を深めぬ」という表現には、孤独をじっくり味わおうとするような内省的な心持ちが含まれている。

『月下の俘虜』のシャープさ、激しさは、『栃木集』ではやや影をひそめたが、風景を写し取る静塔の視線は、より静かに、成熟したものとなってきたように思われるのである。

八、宇都宮病院事件

昭和四十六年、宇都宮病院の院長を辞した静塔は、俳句中心の生活へと移る。このころから、静塔は盛んに外遊に出るようになった。特に山口誓子と旅したアラスカ（四十八年）や北欧（五十二年）では、句作の成果も上がった。

氷河侍す青襲《かさね》着を透かせては　「アラスカ紀」より

甲板に着きぬ氷河の山彦は

森主に白夜のみちの一つ聞く　「カレワラスケッチ」より

五十九年三月、宇都宮病院で大事件が発覚した。看護助手らの暴行により、精神病棟の患者が二名殺害されるなどの不祥事が起こり、院長が逮捕されたのである。この事件は日本の医療の現場に大きな衝撃を与えた。

危機に瀕した病院経営を立て直すため、七十九歳の静塔は院長に復帰することになった。老齢で重責を担ったため、晩年の静塔は句作に全精力を傾けることができなかったようである。病院経営がようやく軌道に乗った平成五年、院長の職を離れた。

翌六年、山口誓子が死去し、「天狼」は終刊となった。天狼時代の静塔は、誓子を師と仰ぎ、その俳句を賞賛しつづけたが、ほんとうのところ静塔が誓子に対しどんな感情を持っていたのか、私には今ひとつ理解しにくい部分がある。誓子の俳句のピークが戦中の句集『激浪』『遠星』にあり、それに比べて戦後の作品のテンションが低下していったことは、相当の誓子ファンでも認めざるをえないのではないだろうか。しかし静塔は戦後の誓子の「長袋先の反りたるスキー容れ」などという詩的連想が豊かとはいえない俳句を誉め上げ、物議をかもした。静塔ほどの批評家が、誓子の詩嚢の枯渇を見抜けなかったはずはないと私には思われるのだが……。どこかの段階で彼は天狼代表としての誓子への批判を自らに封印してしまったのだろうか。

なお、「天狼」の終刊と前後して、静塔は俳句雑誌「鉾」（山口超心鬼主宰）の名誉顧問に就任した。

平成九年九月十一日、享年九十二歳で死去。葬儀は無宗教の形式で行われた。

著書

句集

『月下の俘虜』（酩酊社　昭和三十年）
『旅鶴』（遠星書館　昭和四十二年）
『栃木集』（角川書店　昭和四十六年）
『壺国』（角川書店　昭和五十一年）
『漁歌』（角川書店　昭和五十六年）
『矢素』（角川書店　昭和六十年）
『竹柏』（永田書房　平成七年）
『平畑静塔全句集』（沖積舎　平成十年）

自句自解

『自註現代俳句シリーズ・平畑静塔』（俳人協会　昭和五十一年）
『自選自解・平畑静塔句集』（白凰社　昭和六十年）

評論・鑑賞・対談

『俳句とは何か——俳句の作り方と味い方』（山本健吉との共著。至文堂　昭和二十八年）
『誓子秀句鑑賞』（角川書店　昭和三十五年）
『戦後秀句II』（春秋社　昭和三十八年）
『俳句シリーズ・人と作品／山口誓子』（桜楓社　昭和三十九年）

『俳句鑑賞歳時記・秋の俳句』（明治書院　昭和四十八年）
『俳人格――俳句への軌跡――』（角川書店　昭和五十八年）
『平畑静塔対談俳句史』（永田書房　平成二年）
『平畑静塔俳論集――慶老楽事――』（永田書房　平成二年）
他に共著、アンソロジーなどが多数ある。

参考文献
俳句雑誌「ホトトギス」「馬酔木」「京鹿子」「京大俳句」「天狼」他
「特集・平畑静塔研究」（「俳句研究」昭和五十三年六月号）
「特集・平畑静塔の軌跡」（「むしめがね」第六号）

（四ツ谷龍）

大橋宵火

お文庫の校倉づくり梅の宮　（「雨月」平成13年4月号）

啓蟄や老友考古学一途　（「雨月」平成13年5月号）

冷房裡チェロひた弾くは虚子の曾孫　（「雨月」平成13年8月号）

形代に明治生れと記す誇り　（「雨月」平成13年9月号）

子規の忌に一と日先だつ仏かな　（「雨月」平成13年12月号）

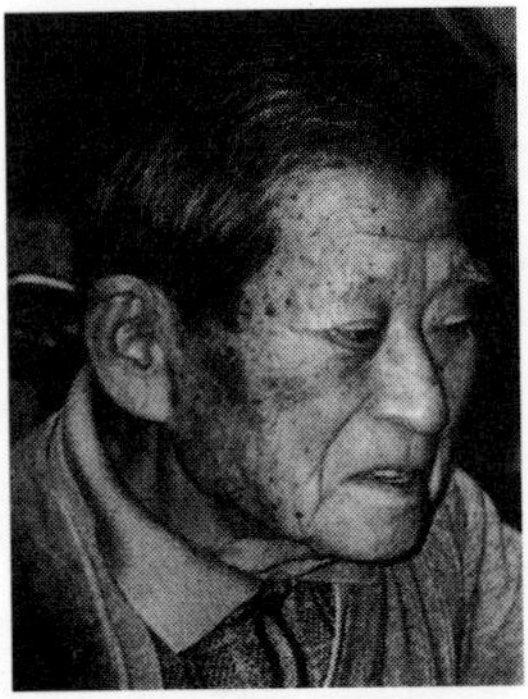

大橋《おおはし》宵火《しょうか》　本名・信次。明治四十一年十二月一日、滋賀県伊香郡木之本村大字木之本に生まれる。

大正十二年、木之本尋常高等小学校卒業と同時に、叔父英次（母の弟、桜坡子と号す）の斡旋により、住友銀行本店入行。

桜坡子の慫慂により、俳句を始め、「ホトトギス」「山茶花」に投句。

昭和三年、「山茶花」の事務応援を始む。

昭和九年、結婚後、自宅が「山茶花」発行所となる。

昭和十九年、大阪府下の俳誌統制のため「山茶花」は昭和十九年一月第二十二巻第四号をもって終刊、終刊事務を執る。

「山茶花」は「このみち」に併合さる。

昭和二十四年、桜坡子が「雨月」創刊。

昭和三十七年、住友銀行退職。浅井産業に入社。「ホトトギス」同人になる。その後、浅井産業退社。株式会社ヒキタ入社、退社。

平成十四年九月二十五日永眠。「雨月」同人会会長。俳人協会評議員。

一、観音の里湖北木之本

琵琶湖畔の北部を湖北と言い、古代から米原と敦賀をつなぐ交通の要衝地であった。全国で十一面観音の最も多いのが滋賀県である。小説『星と祭』の中で娘を亡くした父、息子を亡くした父が近江の渡岸寺や石道寺をはじめとした十一面観音を巡る有様を描いている。戦国時代、小谷城にたてこもった浅井長政が、織田信長に攻められて滅亡した歴史の中で、また明治初年の廃仏毀釈の折には、地中に埋めてこの美しい仏像を守り抜いたのが土地の人々であり、井上靖は「素朴で、信心深い、心のきれいな人たちばかりでございます」と主人公に言わせている。『星と祭』が昭和四十六年に新聞に連載されて以後、湖北のみほとけを訪ねる人が多くなった。

大橋宵火の生まれた家は『奥の細道』で芭蕉が通ったに違いない、木之本町の街道筋にあり、今もこの町筋は大正時代の面影を遺している。

二、叔父大橋桜坡子

明治四十一年、滋賀県伊香郡木之本村大字木之本に生まれた。本名信次。父市治、母ひさの次男。母の一番下の弟が大橋英次、のちの大橋桜坡子である。家業は酒小売商、田畑少々ありて半農半商にて貧し、と宵火は書き留めている。

大橋桜坡子は明治二十八年の生まれでこの時十三歳、長浜実業補修学校一年であった。大正三年に敦賀商業を卒業して、住友電線製造所に入社、大正六年一月に野村泊月を知り、二月に堺の開口神社瑞祥閣における句会で初めて高浜虚子の謦咳に接し、生涯句作の一念を固めてひたすら虚子に傾いていった。翌三月には、岩崎秋灯、枡岡泊露、越馬皓火、釜井七夕の五人が主となって淀川俳句会を創立し、たまたま西下していた島村元の協力もあって、その句稿は鎌倉へ送られ、直接虚子選を仰ぐ関西で初めてのホトトギス系の句会が誕生した。

大正九年に、桜坡子の職場に皆吉大太郎（のちに大橋桜坡子の命名で爽雨）が入社し、故郷から母親を引き取って江之子島に一家を構えていた桜坡子の二階に止宿した。

大正十一年十二月、「山茶花」創刊。選者野村泊月。主宰というものを置かず、田村木国、中村若沙、皆吉爽雨、大橋桜坡子の運営委員が主体となっていたというところがこの俳誌の特徴であった。

野村泊月は明治三十九年に渡米し、明治四十四年大阪九条に日英学館という英語と数学の私塾を開き、ここを「山茶花」発行所としていた。宵火は後に、三カ月間日英学館で学ぶことになる。

三、住友銀行入社と俳号

大正十二年、木之本尋常高等小学校の卒業を前にして、叔父の大橋桜坡子の斡旋により、住友銀行本店人事課長に面接することになり、大阪に出て面接をした。いずれ連絡するから、とその日はすぐ帰ったが「卒業したらすぐ出頭すべし」と採用通知がきた。三月二十六日に卒業、二十八日には行李一つを手に絣の着物にセル地の袴姿で大阪駅に着いた。

改札口には叔父大橋桜坡子が待っており、此花区西島町北港住宅にある桜坡子の家に連れて行かれた。桜坡子がその年の一月に結婚をしたばかりの叔母の琴枝に初めて会った。「よろしくおねがいします」と挨拶をした時のことを宵火は忘れない。祖母と久しぶりに逢った。

「桜坡子のお母さんということは、僕にとってはおばあさんにあたるわけですからね」と、取材しながら涙ぐんでしまいそうになる私に宵火は言う。祖母は「賑やかになった。二階の三畳の間がお前の部屋だよ」と言って行李を置いた。宵火は十四歳三カ月であった。そのころ木之本で中学に行く者は毎年二人かせいぜい三人であったし、親戚の者で東京へ出て大学に行った者もいたが、故郷ではあまり評判も良くなく、自分でも中学に行こうとは思っていなかった。

桜坡子は住友電線製造所（現株式会社住友電工）であったが、甥の就職について同僚の越馬皓火に相談したところ、皓火は職種のことを考えて、銀行の方がよかろうと助言したという。

住友の諸事業を統括していた住友本店は、明治四十二年に「住友総本店」、大正十年には「住友合資会社」と改組されていた。職員の採用はすべて住友合資会社に入社した後に住友各社に配属されていた時代であったが職種によっては直接採用があった。

宵火は、そのころからのすべてをよく記憶している。常に「私は給仕で銀行に入りました」と話す。

八十年ほども前のことを一つ一つ鮮やかに思い出しては話し、当時の湖北の生活の有様や、大正時代の大阪の街並の中を、宵火とともに動いているような錯覚に幾度もとらわれてしまうのである。

その時代、湖北地方では「小学校を出るとみんな風呂敷包み一つ持って、関西へ出ていくのを見送ったものでした」と、余呉町の元教育長桐畑氏は、教員時代に教え子たちを送り出した日を回顧しておられたのを思い出す。

翌二十九日、叔父は銀行まで同道し、辞令を頂いた信次少年を住友病院に連れて行き身体検査を受けさせ、翌日から出勤する本田通一丁目の住友銀行川口支店を教えた。そして、近くの九条にある日英学館に連れて行った。野村泊月から引き継いでいた青木再来（文二）、稲女夫妻に「この甥の信次に銀行退社後の一、二時間をABCからできるだけ多く教えてやってほしい」と八月までの期限付きで猛烈な個人指導を頼んだ。その夜叔父は「本俸が十八円だと、手当が二円、合計二十円となり、毎月琴枝に半分渡すことにしようか」と言った。翌日から朝八時に家を出て、川口支店八階で講習を受け、帰りは日英学館で英語を学ぶことになった。

五月のある日、桜坡子は夕食中に「琴枝とお前に俳句を教えてやろう。ちょうど今は蛍の季節やなあ。木之本あたりは蛍なんかなんぼでも飛んどるやろ。蛍の句やったらなんぼでもできるやろ」と言い、書棚から『大正一万句句集』をとり出して机の上に置き、蛍の例句を詠みあげた。小学校を出てすぐ大阪に就職をした甥を迎えて故郷に思いを馳せておられたのであろうか。

草に消え水に現れ蛍かな　　桜坡子

と作り、「なるほどうまいことというなあ、こういう風に正直にいえばいいのだなあ」と思った。句会が終わって「号をつけてやらんといけんなあ」と、辞書をパラパラとめくり「ああ、良い字を見つけた。〝宵火〟蛍の異名とある。お前の俳号は宵火にしよう、良い号だ」とつけてくれた。俳人大橋宵火はこの夜、生まれたのであった。

四、虚子の炯眼

当時、住友関係勤務の給仕は、関西商工学校に二年学ぶのが義務であり、学費は銀行から出ていた。八月末には三カ月通った日英学館は中止し、八月三十一日には五カ月間の銀行の講習会も終了、それぞれ赴任地へ出発した。

大正十二年九月一日、本店人事課に配属された宵火が川口支店八階で講師たちと後始末をしていた正午近く、関東大震災が起こった。昨日横浜に赴任した一人はこの震災で亡くなったことをあとで知った。九月から関西商工学校夜間部に入学。昼間は勤め、夜は学校に行き、その間に俳句に馴染みそめており、「ホトトギス」と「山茶花」に投句を始めて、

蚊帳越しに見ゆる花火を待ちにけり　宵火

が「ホトトギス」十一月号に初入選した。

九月には関東大震災に遭った虚子が家族を京都に移しており、十月二十八日に桜坡子に伴われて京都深草の元政庵での句会に出席し、ここで初めて虚子の謦咳に接した。この句会は、先に淀川俳句会ができた時に高浜虚子との間をつないで虚子選を受けるように労をとってくれた島村元の追悼句会であった。虚子四十九歳、桜坡子二十八歳、宵火は満十四歳であった。

叔父が「甥の宵火です。最近句作を始めました」と紹介してくれたが「ほんの五秒か十秒のことだったけれども、その時見た虚子先生の眼の鋭さがこおうて、その後東京へ行くことがあっても「ホトトギス」の発行所へはどうしても、よう訪ねなんだ。丸ビルの発行所に行ったことないんです。「眼光紙背に徹す」という眼差しやった。しかし、だんだん歳もいかれるし、一度鎌倉のお宅に伺いたいと思うて、たまたま家内も一緒に旅行した時に先生を訪ねた。その時は本当に温顔というか、慈顔というか、今度できた虚子記念館（註平成十一年二月芦屋市に開館）の入口にあるあの写真のとおり。二時間あまりお邪魔しました。そして、帰る時は玄関まで送って下さって、熱海を廻り伊豆の大島まで行きます、と言うと、それは結構だ、行ってきたまえ、いい旅でありますように僕祈ってますよ、と言われ、その温顔に接した翌年、亡くなりはった。その時の顔と、初めて会うた時の顔とが忘れられない」と宵火は言う。元政庵の句会では

みたらしに三つの木の実の澄み合へる　宵火

が鈴鹿野風呂選に入った。ようやく小さな声で初めての名乗りをしたことは覚えているが、そのあとのことは覚えていないほどの緊張であった。

関西商工学校は学制の上では乙種であったので、甲種の成器商業学校夜間部に入るべく、住友吉左衛門の寄付したという中之島の図書館に通って猛勉強をし、大正十四年四月に成器商業学校夜間部の四学年に入学できた。大正十五年九月に住友傭員学力検定試験に合格、昭和二年一月には四等職員に昇進した。

五、誓子との出会いと住友俳句会

大正十五年四月に山口誓子が住友合資会社に入社、桜坡子が「山口誓子が入社してきた」と教えた。山口誓子は明治三十四年生まれ、大正七年京都一中から三高へ進み、大正十年八月には「ホトトギス」に初入選していた。大正十一年東大俳句会に参加、大正十三年に「ホトトギス」の巻頭をとって

いた。住友本社に入社したという噂を知った桜坡子が「山口誓子が入社してきた」と言ったその静かな興奮というのが、この一言で響いてくる。

宵火はこの大正十五年九月に住友職員学力検定試験を受験、その時の試験官の一人が入社したばかりの山口誓子であったのを後日知った。検定試験に合格して翌昭和二年一月、四等職員に昇進、月給は三十円となり、本店営業部勤務となった。三月には二年間通った成器商業学校夜間部を卒業し、四月に豊中の住友致遠寮に入った。夜学を終えたので桜坡子の勧めで諸句会に出席するようになった。

山口誓子は、住友本社の労働課に配属された。ここは職工関係の人事課で、職員関係の人事課には平野青坡がおり、本社と銀行の職員食堂は一緒であったため、昼食後は平野青坡をはじめ三浦零子、村田六羊、朝倉四葉らと誓子を囲み、俳句の話に時間を過ごした。午後の銀行業務に皆より早く就かねばならなかったのが毎日残念だったと言うほどこの時間が楽しく、誓子に直接聞いた話の一つ一つをこまごまと覚えている。誓子二十五歳、宵火十八歳ごろのことである。

山口誓子は入社早々、寧静寮の寮長として一人で一部屋を使っていた。ある日桜坡子、爽雨、青坡、仲太らと押しかけて行くと、殺風景な部屋に本棚が一つ、万葉辞典、万葉歌集が並んでおり、流行の万葉調俳句の種本を見た思いがしたという。

住友各社から、また大阪医大系の人々が誓子の部屋に集まるようになり、ここで住友俳句会が生まれ、興隆していった。その後住友クラブができてからは会場を移し、誓子・桜坡子・爽雨が揃って出席して益々隆盛し六十人ほどの句会になっていった。その後も、労働管理の仕事を俳句に詠みこんでいく誓子の単作俳句、連作俳句、群作俳句、などの近代的な作句工房を目の当たりにしていた。

誓子は住友本社主催や、大阪毎日新聞主催の虚子の講演会を企画し、講演後は住友俳句会会員で歓迎の夕食会と句会が行われた。そのころ住友本社には重役として川田順もいた。

昭和四年にホトトギス同人となった誓子が昭和十年に「天狼」を創刊するまで、「山茶花」を通じ、「ホトトギス」を通じて、誓子との沢山のエピソードを宵火はあたためている。

六、皆吉爽雨のこと

宵火は叔父が爽雨の句稿を見ながら「爽雨君には下手とか、どうかと思うようなのはない。みな丸や。二重丸、三重丸。すごい人やなあ」と零す言葉に爽雨の人となりを思い描いていたが、間もなく桜坡子居で出会い、爾後宵火に大きな影響を与えた一人となる。

爽雨は大正九年に福井中学を卒業すると、住友電線製造所に入社、桜坡子と同じ販売課に配属され桜坡子居に下宿していたが、父親が亡くなったため、十年九月に母を引き取ることとなって桜坡子居を出て一家を構えていた。桜坡子の勧めで俳句を始め、大正十一年「山茶花」の創刊に加わって、戦争のため終刊となった昭和十九年四、五月号まで二十二年間編集後記を書き続けた。

大正十一年の秋、京都高倉二条下ルの野村泊月を訪ねた日のことが皆吉爽雨著『山茶花物語』に載っている。庭の白山茶花を見ながら「山茶花はどうだろう」と泊月が言い、創刊される俳誌の名がきまった。その庭の向こうに見える蔵に当時津田青楓が住んでおり、「山茶花」創刊号の表紙は青楓の絵で飾った。大阪ホトトギスがまとまったことで虚子も大きな期待を寄せ、「山茶花」は大阪のみならず全国的な俳誌となっていった。

また、宵火の結婚祝として桜坡子は青楓の書を贈った。「如雲」の二字には、青楓が書を揮毫する時に使った「懶生」の落款があり、今も宵火居に掲げられている。

爽雨は昭和二十年の住友電工東京支店転勤を機に退社し、「雪解」を創刊した。

七、「山茶花」とともに

大正十一年十二月に野村泊月を選者に岩木躑躅、久保田九品太、山本梅史、田村木国、中村若沙、大橋桜坡子、皆吉爽雨等若いホトトギス作家を中心として創刊された「山茶花」は、津田青楓の表紙画、虚子の「山茶花誕生に」の一文、投句者百一名、百六十六句、巻頭は永田耕衣であった。大正十三年からは山茶花婦人句会がもたれた。虚子が「ホトトギス」に「つつじ十句集」を設けて婦人俳句を奨励していたことに呼応してのことであったろう。田村木国の勤めていた大阪毎日新聞の応接間を日曜日に提供し、梅史、桜坡子、木国が指導し、「山茶花」に女流俳人が育った。その中に桜坡子夫人琴枝、後に宵火夫人となる松尾とも江もいた。また、学生句会も始まり、大阪外語、阪大、大阪高商の学生を草城、爽雨が日曜の近郊を主に吟行をして指導した。

昭和二年四月には「山茶花」主催の虚子先生歓迎句会が開かれ、出席者百七、八十名、二句出句で虚子選十五句の中に、

満庭のつつじに暮色せまりけり　宵火
野遊びのはるかに拝む御陵かな　同

が入り、次の虚子の短冊を頂いた。

此の海の底に玉ある桜かな　虚子
舟岸に着けば柳に星一つ　同

昭和三年四月に大阪毎日新聞主催の講演会があり、聴衆六、七百名、第一講師は誓子で「写生と客観的描写」、高浜虚子の講演は「花鳥諷詠」であった。この大阪毎日新聞の講演の後、虚子はレコードに「花鳥諷詠」について吹き込み、宵火は今も大切に保管している。

昭和三年四月号「破魔弓」（後の「馬酔木」）の秋桜子選に次の二句他が巻頭となった。

凧の陣かしぎそめたる一つあり　宵火

たそがれや三輪の尾の上の凧一つ　同

秋桜子の選句眼には敬服していたが、秋桜子の俳句そのものはどうも少し偏っているのではないかとこのころから感じていた。

山口青邨はこの年、東から水原秋桜子、高野素十、西から阿波野青畝、山口誓子を四Sとして唱え、昭和四年一月号の「ホトトギス」に発表した。「ホトトギス」第二の黄金時代である。しかし、秋桜子は昭和六年に「自然の真と文芸上の真」を「馬酔木」に発表して「ホトトギス」を離脱していった。畏敬していた秋桜子であったが、この論にはついてゆくことができず、宵火は投句を断念せざるを得なかった。間もなく「馬酔木」関西大会があり、末席より秋桜子を望みつつ、長年の教導を感謝し、会半ばに深く辞儀をして会場を退出した。

大正十三年から「山茶花」では合評会をして掲載していた。「ホトトギス」「馬酔木」「山茶花」の雑詠の評をしていたが、そのメンバーは、山口誓子、阿波野青畝、後藤夜半、奈良鹿郎、大橋桜坡子、皆吉爽雨、田村木国、中村若沙、相島虚吼、日野草城、山本梅史等で皆論客であった。

宵火は昭和五年からこの合評会の速記を始め、先輩たちの談論の場におり、また記録することによって何にもまさる勉強をしたという。その「山茶花」の合評会で泊月の選に対する意見が上がり始め、やがてそれは昭和十一年に泊月の選者辞退となり、爽雨・桜坡子・暁水の鼎立雑詠選、さらに十四年には暁水辞退により木国・若沙が加わっての四選者制という形となった。泊月の辞退により会員は一時減少したが、さらに大きな俳誌として隆盛した。

昭和四年十一月二十三日に「山茶花」主催で第三回全国俳句大会が大阪中央公会堂で開催されたこともそのひとつの現れであろう。宵火も実行委員のひとりとして尽力した。虚子は会の運営資金について心をくだかれ、半切を揮毫するからそれを頒布してはどうか、と言われた。誌上で募集すると百五、六十人の申し込みがあった。田村木国が毎日新聞社にいたこともあって、全国の新聞が広告を掲載、投句料は五十銭、投句した人全部にその句集を送り、その句集を入場券代わりに持参することにした。当日は千五百人が全国から集まった。『山茶花物語』によると爽雨と暁水の披講による虚子選百句のほか、諸氏が壇上に立ち、最後に虚子先生の「句作四十年」という講演があったと記されているが、当日委員として多忙であった宵火は虚子の講演を聴いていないが、四十歳半ばと思われる婦人が、「小倉の杉田久女ですが、虚子先生の部屋へ案内して下さい」と受付で言っていたのを覚えている。

翌日は、五月に「かつらぎ」を創刊した阿波野青畝の世話で明日香吟行をし、二百人が参加した。

八、無名会・有名会のころ

「山茶花」合評会の仲間で句会を作って切磋琢磨することになった。そのメンバーは、誓子、青畝、夜半、虚吼、旭川、木国、桜坡子、爽雨、梅史、草城、一杉、鹿郎、白楢、若沙などでみな二十代、三十代、いつからできたか定かではないが半年ほど会の名もないまま続け、いつとはなしに無名会で通用するようになっていた。昭和二年夏、虚子に名前をつけてほしいと申し出たところ、無名会でいいじゃないかと言われてそのまま無名会と決定し、鎬を削る研鑽をしていた。この無名会は暗黙のうちにホトトギス同人に限られ、「無名会に入れてくれなければ有名会を作ろう」と森川暁水、平野青坡、春木潮光、有本行路、山岡仲太、宵火などが集まって、有名会を作った。

そのころあちこちで行われていた短冊の頒布会をしようという話が無名会で持ち上がり、一、二年後それが耳に入った虚子は、歓迎晩餐会のあとの句会をせずに席を立ってしまわれるほどのお叱りで、無名会は立ち消え、有名会も自然消滅してしまった。

昭和八年の「ホトトギス」七月号に初めて三句採用された。

道中のみちをふたたび掃いてをり　　宵火
太夫待つ肩に吹かるる柳かな　　同

とどまりし太夫を禿仰ぎけり　　　　同

昭和九年六月結婚。新居は皆吉爽雨が大きな家を探してくれて入居、以後新居は「山茶花」の発行所となった。梅史、誓子、鹿郎、草城を講師とした俳句夜学は、三日間毎夜八十人が集まり、山口誓子は「聖典講座」と題して虚子の句ばかりの講座をした。

翌十年二月には、句集『黄旗』を出版して「ホトトギス」を離脱した誓子について宵火は「句風もっとも斬新にして雄々しく、畏敬し、親しく教えを受けいしも、非才を以てしてはとうてい、つき行き難き道とあきらむ」と書いている。

「山茶花」合評会の中で最も論客であったのは、山口誓子と日野草城で、二人はともに明治三十四年生まれ、大正七年三高へ、草城は大正十年京大へ、誓子は十一年東大へ、そして草城は大正十三年に後の大阪住友海上保険に入社。誓子は二年遅れて住友本社に入社した。

昭和四年一月に山口青邨が四Sを発表した中に、草城は入っていない。すでに大正十三年二十三歳で「ホトトギス」課題句選者をしていたにもかかわらず、草城が新興俳句に進み、昭和十一年にホトトギス同人を除名されたあと、宵火に「まさか同人を除名されるとは思っていなかった。ちょっとショックだ」と言われたという。頭脳明晰、人間的にも大変尊敬していた草城には俳人として、作家としても多くのことを教えられたのであった。

昭和十四年、本田一杉に従い大島療養所に癩患者の慰問句会をしたことは、忘れられない経験であった。平成十三年、国はハンセン病を法的に改正したが、当時は難病と認識されており、「山茶花」に投句してこられる無料投句の患者を面白く思わない編集者がいた中で、本田一杉は「僕は一人でも雑誌を発行し寄贈する。もし志があれば応援してくれ」と、その後自らの採算も顧みず「鴫野」を出した正義感には深く感銘し、我が身を恥じるばかりであったとたびたび話す。

九、大阪府下の俳句誌統合

宵火は昭和六年から「山茶花」の編集に携わっていたが、昭和十九年一月第二十二巻第四号で、他誌とともに「このみち」に併合され、終刊となる時がきた。

大阪府下では第三種の郵便を許可された俳誌は一時期三十八誌あったがだんだんと統制されて「同人」は同人系、「ホトトギス」はホトトギス系とまとめることになった。はじめは、交渉に田村木国が出ていたが後に爽雨と宵火も出た。八結社ほど集まった中で一番長老が青木月斗であった。皆職業を持っている中で岡本圭岳は月斗の「同人」を出て「火星」を発行しており、府下一誌にまとめるとなれば圭岳にと、各誌誌友の三分の一ずつの住所氏名と、一年分の誌代を持参することとなった。「山茶花」でも職場でまとめて一冊、地方の会員はその地方で一冊という具合にまとめて五百人分の書類を整理し、圭岳の許へ届け、残りの読者カード、残金など一切を乳母車に乗せて爽雨の所へ運び込んだ。この時やっと肩の荷が下りた思いであったと宵火は言う。昭和十九年五月であった。統合した俳誌「このみち」は岡本圭岳が編集発行したが、六号の原稿とともに戦災で焼失してしまい、爽雨の許へ運んだ「山茶花」の書類一切もすべて空襲により烏有に帰してしまったのである。

現在「雨月」主宰大橋敦子の許に存在する「山茶花」が唯一であろうと言われている。

十、生涯一句風

「雨月」が名古屋で創刊された時、宵火は銀行員として多忙を極める世代であった。

昭和三十七年に住友銀行伊丹支店勤務を最後に退職、その年ホトトギス同人に推される。

昭和四十六年、家集として『圓』を上梓した。これには宵火・とも江夫妻のほか兄妹の句と、文章五編を入れ、兄弟の座談会形式で生い立ちやその後の家族の様子がドラマを見るように描かれている。

平成八年の句集『古壺新酒』は、夫妻の米寿を記念して編まれた。虚子に揮毫していただいた『古壺新酒』を句集の題簽としている。虚子揮毫の扁額は、昭和十年、虚子先生に何か書いていただきたいと、年尾先生に頼んだところ、「ああいいよ、親爺は何でも良いから書いてくれというと嫌がる、これこれという詞が欲しいと指定するのだ。花鳥諷詠は先年の山茶花大会以来だいぶ書いているからほかの詞を考え、料紙を二、三枚鎌倉へ送っておきなさい」と言われ、すぐ三越で一番上等の料紙三枚をお願いの手紙とともに送ったところ、十日ほどして送って来て下さった。しかも私の送ったものはそのまま返してこられた。後日、表具師さんに「大橋さん、この紙どこで買われた？」と聞かれ、話すと、「これは中国の〇〇紙で現在日本のどこにも無いでしょう。虚子さんなら持っておられるのでしょうね、お引受けしましょう。懸命にやってみます」と仕上げていただいた宵火の宝物である。

家集『圓』は年次順配列、『古壺新酒』は四季類題別配列になっている。

宵火の句を師である桜坡子は『圓』の序文で

宵火の句を一言にして云うならば、古格、という言葉が妥当であろうかと思う。それは創作的なものを志すというよりも、あくまでも真の写生を重んじ、技巧にはしらず、淡々と詠い流すというのが本領であって、俳句への近代性ということは寧ろ没交渉に、ひたすら古格を守り続けて、重厚な調べを打ち立てていると見るべきである。

と述べている。また、『古壺新酒』の序文には「雨月」を継承した桜坡子長女の現主宰敦子が「迷うことなく生涯一句風を貫いておられることを思う。吾が道を信じることの思念の強固」を称える。

以下、八十年にわたる作句の中から、私なりの抜粋を挙げよう。

夜学の師月の校庭よぎりくる　(昭和七年)

菊に住む母をたづねて姉いもと　(昭和七年)

第一句は映画か、小説のシーンさながら。この教師は、人間を超えた物として存在している。余韻というより、引き込まれていくような深さがある。第二句は「菊に住む」の季語のよさが「母、あねいもと」と加わって、往時の母と娘たちの静かな絆を描きだし、溢れるような叙情を感じる。

かへり見る西行桜またふゞき　（昭和八年、洛西花の寺）
たゞよへる椿の中に渡舟着く　（昭和九年）
籐椅子や煙草のけむりのこりたる　（昭和十年）

西行桜のよい姿を思う。いずれも時間の流れの中にありながら瞬間を切り取り、その切り取り方がゆるやかであるから心地よい。その中に色彩が浮かびあがってくるのである。見たままというだけにとどまらない句の佇まいが出ていると思う。まさに映像と技が一致しているのではないだろうか。

通夜の灯の流るゝ雪の戸に帰る　（昭和十五年、弟、英雄死去、帰郷葬送）
ふるさとの縁に四方なる柿仰ぐ　（昭和二十年、家族疎開先の郷里にて）

二句とも故郷での句。第一句、雪の戸に辿りついた時、隙間から流れる灯は他郷の灯ではない。この家の中には弟との沢山の思い出があり、戸口に立った一瞬の思い、純粋な心が溢れている。

初蝶に逢ひしと告げね道急ぐ　宵火（昭和三十三年）
散りやまぬ花を仰ぎて悼みけり　同（昭和三十四年、虚子先生長逝）
届きたる虚子像と冬籠らばや　同（昭和三十八年）

第一句。とも江夫人とともに虚子を鎌倉に訪ねる心の逸りが、初蝶の羽の動きに見える。願望の終助詞「ね」が効果的、自然に口を突いて出てきたのであろう。第二、三句はひたすらな虚子崇敬の心。

滾ちそむ湯よ葛溶かん老妻と　宵火
妻見舞ふ戻りを今日も時雨虹　同
妻見舞ふ日課となりて花茨　同
虫時雨天寿全うせし微笑　同
納棺の蓋閉づ音の身にぞ入む　同

十余年療養しておられたとも江夫人が、この稿を記している最中の平成十三年九月に逝去された。

俳句を縁に結ばれた六十七年間の結婚生活であった。

十一、終わりに

「ホトトギス」の第二の黄金時代、水原秋桜子、高野素十、阿波野青畝、山口誓子の四Sの華やかな大正十二年から昭和二年にかけて、関西ホトトギス俳壇の真ん中に大橋桜坡子の膝下で俳句のスタートを切ったというのは、何にもまして幸せであったと思う。人一倍学究心が強く、教えられる通り吸収していく素朴さ、素直な志があってのことであろう。

宵火の話によく「出会い」という言葉が出てくる。八十年近い生涯に出会った人々への感謝の心がこめられている言葉である。取材したお話を、どれほどもここに書き留めることのできないもどかしさを私は今、感じている。多くの俳人とのすばらしい交わりはそのまま日本の俳壇の歴史である。

「長いことやっていても俳句がわからない。平明な句。個性を出したいと思ってもその能力はない。虚子先生がおっしゃっている写生をしていれば自ずから個性が出るのではないかという、他力本願というところです。物を一生懸命見たら面白い。写生をひたすら勉強したいなあ」と話す。

森澄雄の境地を欲すると聞き、私には再び湖北の風景が思い描かれた。琵琶湖と余呉湖という二つの湖はそれぞれの趣を湛えて旅人を惹き付けているが、そこに住む人、そこを故郷とする人にとって、どんなに豊かな原風景となっていることかと想像に難くない。

大正・昭和初期を知る俳人として、まだまだお聞きしておきたいことが沢山あったのに、とも江夫人を亡くされて一年後の平成十四年九月に永眠されたことは、返すがえすも残念でならない。

（安部和子）

著書

家集『圓』（雨月発行所　昭和四十六年）
句集『古壺新酒』（雨月発行所　平成八年一月）

参考文献

「雨月」
『大正の大阪俳壇』（和泉書院　昭和六十一年四月）
『大阪の俳人たち4』（大阪俳句史研究会編　和泉書院　平成七年七月）
『山茶花物語』（皆吉爽雨　牧羊社　昭和五十一年九月）
『季題別山口誓子全句集』（山口誓子　本阿弥書店　平成十年十二月）
句集『古壺新酒』（大橋宵火・大橋とも江　雨月発行所　平成八年一月）

堀　葦男

ぶつかる黒を押し分け押しくるあらゆる黒　（『火づくり』昭和37年刊）

沖へ急ぐ花束はたらく岸を残し　（『火づくり』昭和37年刊）

今生を柿のはらから照り合える　（『山姿水情』昭和56年刊）

初凪や十戸十舟江に映り　（『過客』平成8年刊）

戦争いややな寒の日向の地蔵はん　（『過客』平成8年刊）

堀《ほり》　葦男《あしを》　本名・務。大正五（一九一六）年〜平成五（一九九三）年。

東京生まれ、箕面市に住む。平成五年四月没、享年七十六歳。

東京大学経済学部卒。

大阪商船を経て社団法人日本棉花協会、同会専務理事。

「火星」「金剛」を経て、林田紀音夫、金子明彦と「十七音詩」創刊。「風」同人、「海程」創刊に参加。

第十回現代俳句協会賞（昭和三十七年）。

現代俳句協会　全国幹事。

現代俳句協会関西地区会議　副議長。

大阪俳人クラブ　副会長。

読売新聞俳壇選者。

「海程」同人会長。「火星」顧問。

電通「一粒句会」講師。

堀　葦男

一、はじめに

昭和も末期の某月某日、日付はもう次の日へ変わろうとする時間であった。句会とそれに続く適度にアルコールの入った討論で、幾分か高揚した気分のまま、地元の居酒屋の一角に席を占めた。別れる前の一種の儀式のような慣行であった。この店は近くの大学生が屯することが多かった。たまたま一本の横木で仕切られた隣の座敷には三・四人の学生がテーブルを囲んで寛いでいた。学生同士の日常的な話として、社会やら生き方やらにかかわる言葉が時折聞こえていた。と、全く唐突に、先生がよろめくように立ち上がって、学生の席に入って行くのである。しばらくは檄を飛ばすかたちの独演が続いたが、成り行きに驚いたわれわれ同行の介添えで、ようやく元の席に戻られた。学生の方は半ばしらけた様子はみせたものの、先生の口ぶりをぽかんと眺めているだけで、立ち上がることはなかった。やれやれである。ことはそれで収まった。酒の上のことで、子細は詳らかではないが、どうやら、世間と戦い続けてきた論戦のさまざまな経験を蘇らせた先生が、若い世代の脆弱な論議を腹に据えかねてのご出馬となった次第のようであった。当時、おそらく七十代であったが、ごく自然に論戦を挑む姿勢に、永遠の青年、先生の本質的な若さと情熱を垣間見る思いがした（事実、酒が年齢を忘れさせていたには違いないが）。一方で、先生よりかなり若いわれわれの勉強不足をたしなめられているような場面でもあった。

この先生は堀葦男（一九一六―一九九三）である。本名、務、東京生まれ、神戸育ち。本人編の年譜によると、六高時代は短歌に興味を持ち、俳句とのかかわりは東京大学（経済学部）卒業後、大阪商船に入社、病を得て日赤兵庫病院に療養中「火星」に入会して本格化する。昭和十六年、二十五歳であった。学生時代に短歌や詩を書いていたのに急な屈折に逢着した時、俳句を選んだのは感傷詠嘆に踢蹐することをやめて、寡黙放下を求めたからであるとは本人の言である。

戦後、昭和二十二年、社団法人日本棉花協会に移る。有能なビジネスマンとして協会を支え、後年（昭和五十一年）専務理事として協会を代表し、昭和五十九年、関連会社社長に転出するまでその職にあった。いわば、協会の実務を全うしつつ、同時に著名な俳人であり続けたのである。このころの作品三句。

花さびしければ群れ咲きゆきのした
煤煙が秋の斜陽を群れて過ぐ
浸け西瓜くるりくるりと濡れ難し

この間、「金剛」同人、「漠」（二号で廃刊）を経て、新しい俳句のかたちを求めて、昭和二十八年、林田紀音夫、金子明彦とともに「十七音詩」を創刊。俳句革新のための論陣を張る。戦後の文芸復興の機運はようやく短詩型におよび、育ち盛りの三十代前後の若い俳人を中心として、社会性をはじめとする俳句革新の動きが顕著な時期でもあった。昭和三十年には「風」に同人参加する。

二、現代俳句協会賞の受賞

昭和三十年、新俳句懇話会が結成され、同志を糾合していわゆる関西前衛の母体をなす活動を始めることとなる。たまたま関西に勤務していた金子兜太も加わった。兜太は、懇話会には堀葦男、林田紀音夫、立岩利夫、島津亮、八木道、鈴木六林男、赤尾兜子など自己主張の強いメンバーが参加していて「もりもりエネルギーを絞って書いていた」とも、社会性は（卒業して）もはや余り問題にしていなかった、「俳句に言語手法をどこまで取り入れることができるか」を方法、方法といって問題にしていたといい、その活気がその後の活動のエネルギーとなったことを強調している。この熱気が「俳句専念」という決心を固めさせた（「私の履歴書」）とも評価している。

この時代を葦男は、「（社会性俳句に対する取り組みが）不徹底な作風が大勢を占めているのに飽き足らず、季の文学か人間の文学か」を問いかけながら「無季俳句の領域が成立する根拠を執拗に力説、実作を展開した」と、方法としての形象表現を俳句の伝統の発展上におく立場を確立していく過程を振り返り、「私にとっていわば疾風怒濤の時代」であり、「限界一杯まで励みに励んだ」と回想している。意見を戦わせ、論じあった結果の昂りは、若さもあってアルコール抜きには会合は終わらないのが常であったに違いないのだが、これも励みに励むエネルギー源となっていたらしい。方法論の構築といい実作といい、まさに意識的に戦いを挑む姿勢に貫かれていたといえよう。年齢とともに多忙さを増す職場の仕事を終え、しばらくの仮眠の後に深夜から夜明けにかけて原稿と格闘する姿を日常的に見ておられた奥さまは、「一人二役」を全うしたと、その当時を思い起こすたびに言われている。本人は「結局、気力で生き抜いていたようなもの」と懐かしんでいる。

こう書けば、いかにも時間を切り詰めて、堅苦しく生きたように想像されるかもしれないが、一度宴席に出れば、生来そういう席を楽しむ人でもあり、律儀に会合に参画するのが常であったが、社会の仕組みをわきまえた明快な切り口と、独特の説得性のある語り口は参会者を惹きつけて止まないものがあった。いわゆる「葦男ぶし」である。延々と続くと辟易することもあるが、味わえば、記憶の確かさと造詣の深さの滲み出るものであった。また、請われて、歌舞伎の声色に及べば一座を沸かし、クラシックはもとより、最新の歌謡曲の一つや二つは立ち所にやってのける特技の持ち主でもあった。何処で覚えたものか、何事にも手を抜かない性格と旺盛な好奇心の賜物であろう。かつて、兜太が書いた(「天狼」三十八年二月)ように挫折体験、肉親の死、戦後の荒廃と混乱に遭遇して、暗い意識を内面化していった現実はあるにしても、「誠実な知性は本来明るい」のであろう。

この凄まじい活動の成果は、第十回現代俳句協会賞に結実し、海外詠を含めて句集『火づくり』にまとめられる。昭和三十七年、四十六歳のことである。

奇異な雨の大暗黒を銀行占む
動乱買われる俺も剃り跡青い仲間
夜は墓の青さで部長課長の椅子
ぶつかる黒を押し分け押し来るあらゆる黒
見えない階段見える肝臓印鑑滲む

などなどは、この時期の代表作と言われるもののなかにある（金子兜太『過客』の序」）。いずれも当時熱心に展開していた理論に忠実な自信作ばかりである。和田悟朗のいうように、「理論的追求が意外に固定化した無感動の結果に陥る」（「渦」三十八年四月）時が、またそうした傾きがないとはいえないにしても、理論を実作で検証しようとする熱意の伝わってくる作品群である。金子は「当時の社会情勢に向かって意識的に批判的に自己表現しようとする時、誠実な人柄だけに過剰反応していて、その結果のこととといえなくもない」と評し、むしろ、

音楽へ傘溢れ着き日本若し
沼いちめん木片かわき拡がる慰藉

沖へ急ぐ花束はたらく岸を残し
海へ散る課員稜線の松のように
沼撫でる中枝愛も雨季も終り

などのように、感性が暗部をも包み込んで柔らかく敏感に動いている作品に、前衛期の葦男俳句の本姿を見ている。和田もまた「一見理論を追うような姿勢でありながら、不思議な論理の断絶を内包する句」に詩的快感を覚えるとみている。

さらに、この句集には昭和三十五年、業務のために海外に出張し、特異な自然と邂逅したメキシコでの一連の作品がある。

空に拡げたアネモネ歪め闘牛死ぬ
生噛みしめる海辺の卓癒着いろの乾果
空港金色楽器しびらせ飛べぬ土族
脛の革具の集団の音滅びの音

など。兜太は『火づくり』にふれて「ぼくはメキシコとそれ以後の作を重くみている。それまでは、習作期につづく初期実験期であって、ようやく実験の方法を「からだで知った」のがメキシコあたりからだと思う」と書いた。世上、葦男の代表作といわれるものの多くはこの句集から引用されている事実に照らしても、体感的に意識と対象との融合が成し遂げられた表現を獲得していることは間違いない。

三、海程同人会長として、指導者として

意識のありどころをかたちに定着させようとする意欲的な時期と重なるが、『火づくり』刊行に先立つ昭和三十七年四月に創刊された「海程」に参加し、早速「現代俳句講座」の連載を始めた。二十三回にわたるこの講座は後年まとめられて『俳句20章』（昭和五十三年）として刊行された。兜太との友誼は終生変わることなく、「海程」十周年に同人会長に推されて以来、生涯を同人会長として、職場でも同様であったと聞いているが、優れたまとめ役として組織の発展をはかるとともに後進の指導に当たった。「海程」の主宰制移行（昭和六十年）に際しては、若手との意志の疎通をはかり事態を円滑に処理するために、随分とエネルギーを費やしたと穏やかに話されたことがあった。組織といえば、岡本圭岳亡きあと、「火星」の顧問となり、差知子主宰に助言して組織的な基盤を立て直し、現在の玉藻主宰への引き継ぎを円滑にした経緯なども思い起こされる。

第二句集『機械』は昭和五十五年に海程新社から刊行された。昭和三十七年夏から昭和四十二年秋

までのほぼ五年間の作品を収める。あとがきに、折しも高度成長期、「世界の中の日本、という問題意識が顕在化し、縦にも横にも思索の拡がりが求められた時期」であったと振り返り、職場でも働き盛りで「劇忙の中に身を磨り減らしていた」という。『機械』には一九六〇年代を象徴する思いとことばの「減速装置」という詩型についての考え方を込めたとのことである。「朝空に寄せて」には「難解句の問題が、言葉の無理な使い方に起因するとの指摘は妥当として認める立場に立ち、あくまで文法を尊重した表現に努めるよう自戒していた」とある。また、見市六冬はメカニカルな反自然の追求とみている（読売新聞、昭和五十九年七月二十六日）が、本集の「赤道草原」は一カ月におよぶ独立後日の浅い東アフリカ三国の奥地への業務出張での見聞と思索がまとめられ、「原始的自然との接触から、自然観に新たな視角を加えることができた」という。

まるでにんげん林檎集団として腐り
霧厚くいちばん動く機械狂う
朝の握力煤煙ぐいぐい空でくびれ
灰に帰しいまふくよかな母のこる
平和に草喰む鹿ふりむけば片角なし
怒るアフリカ咽喉いろの雷火立つ

みんな粘膜もち高階の灯の虜囚

前句集で展開された理論的な枠組みに意識的に対応しようとする傾きが消えたわけではないが、態度としての社会性はより熟し、柔軟に表現されている。初めの二句は良くも悪くも『火づくり』を継承しているが、次の二句はややおもむきが違い、柔らかさが目立つ。本来の心性が理論と調和しているようである。五、六句目はアフリカでの作。兜太のいう「からだ」で書く方向へさらに踏み出した表現であろう。

この時期、現代俳句協会関西地区会議、副議長に推され、次第に協会の仕事に関与することが多くなり、以後、現代俳句協会幹事、評論賞選考委員、協会賞選考委員としてたびたび上京することになる。誰彼に会い、俳句を論じつつ杯を交わし、時には帰阪の新幹線に間に合わなくなることもあったらしい。東京駅の近くの映画館で夜明かしをしたことなどを、楽しそうに話された酒の席が懐かしい。

四、地域・職域に広がる指導の輪

昭和四十七年、箕面市民俳句大会が行われ、選者は当地に会員をもつ主要俳誌から各誌を代表する十名ほどで構成された。この年を第一回として毎年開催され、現在三十回を迎えているが、発足当初から選者団を中心とする超党派の箕面市民俳句会の会長として大会の運営と発展に大いに尽力した

（葦男没後は、見市六冬会長、桂信子副会長を経て現在の体制に及んでいる）。大会の前には知り尽くした箕面の滝道を探訪し、今日只今の箕面をあらためて確認する姿が見受けられた。大会では選評とともに、美しい筆跡の色紙が評判になった。葦男の書は楷書を基調とする独特の書体で、書くことを楽しむ風潮があり、吟行の途次などでも請えば気楽に（微醺の刺激もあってか）筆を取ることがしばしばであった。また、年譜にも灘五郷酒造組合の連合広告用「灘五郷」が採用され、新聞雑誌の掲載が始まるという記述がある。時期はずれるが、近畿一円の俳人を会員とする超党派の親睦をはかるべく結成された大阪俳人クラブについても、没年まで副会長を務め、総会で「葦男ぶし」を聞く機会が多かった。

昭和五十一年二月には電通大阪支社（現関西支社）の「一粒句会」の講師に招かれ、当時、出席会員の減少に悩んでいた職場句会の指導に当たることになった。熱心で説得力に満ちた指導ぶりと豊富な話題で句会が活発になったことはいうまでもない。一粒句会の現在のメンバーの中には、葦男によってこの世界に導かれたものも多い。以来、没年まで十七年にわたり、一回の休みもなく毎月句会に吟行会に、まさにOBのように、ともに楽しむ姿勢が続く。いつの間にか、句会の後は先生を囲む飲み会に流れる習慣ができてしまったほどである。また、吟行ではたびたび冨美子夫人も同伴され濃やかな心くばりを見せられた。既述のように、この年には、社団法人日本棉花協会専務理事に選任され、協会を代表するのであるが、業務上の顔や立場は素振りにも見せることなく、在来と変わらず俳句における先輩という姿勢で一貫されたのは人柄というべきであろう。

以前にも、金子兜太の転勤により朝日新聞阪神版の俳句欄の選を担当したことがあったが、昭和五十五年には読売新聞俳壇（近畿中国四国）の選者となり、活躍の場を広げるとともに話題を豊富にした。その後、三越レディス句会の指導が加わり、また、坪内稔典を世話人とする大阪俳句史研究会に共鳴し、その活動を積極的に支援した。当時の日誌（平成三年）には同研究会編による『大阪の俳人たち』の原稿執筆について、金子明彦との交渉の様子が簡潔に記録されている。

五、色彩と形象のゆたかさを求めて

昭和の四十年代に入るとニクソン・ショック、オイル・ショックなどを経過して、職場の幹部、さらには代表として時代に適応し、足もとを見直す作業が続けられる。葦男を取り巻く俳句環境もまた幾分か変化の様相を見せ始めた。「東西文化の質的相違を確認しつつ、固有の美点長所を尊重する機運が高まって来て、私自身の内部においても、長年親しんで来た俳句定形そのものが、次第に私の作品に収斂を命ずるようになった」のである。この時期『残山剰水』は、昭和四十二年から四十九年までの七年間の作品と五十年代初頭の海外詠（インド、スペイン）を加えて、昭和五十五年に、『山姿水情』は、昭和五十年から五十四年までの五年間の作品約四百四十句を収めて、昭和五十六年に、いずれも海程新社から刊行された。

人生澄むからたち実る坂を経て　『残山剰水』
白牡丹歳月あってなきごとく
霧夜戻る死病の人を笑わせて
白鳥のあおあおと寄り雪嶺暮る
雁わたり残山剰水余命澄む
ただに乾季秘筐にも砂しのび入り　（インド）

一見して、これまでとは文体が違っているばかりでなく、すべてに季語が配されている。形式的には、収斂とは有季定形を指しているようでもある。「朝空に寄せて」では、「無季作品に伴いがちな、単色的な痩せ、余剰のふくらみ不足にも飽き足らず、色彩のゆたかさを求めて有季作品を主とするようにもなった」とある。昭和四十九年は五十八歳であるが、単に環境や加齢に止まらず、俳句の革新を目指す理論と実践から、自分にとっての新を求める立場への傾斜が認められる。大串章はそれを「自己一個の掘り下げ」に向かっているという。築き上げた理論を忠実になぞるよりも、生来の感性との自ずからなる調和がからだの中ではかられているとみることができよう。仮に変貌といわれたとしても、見えてきたこの世界には自ら恃むところがあり、おそらく未踏の地を踏む思いを重ねていた筈である。

落花いま紺青の空ゆく途中
蟬はたと肩にいまわれ森の一部
筓の照るや無月の海の底
えんどうの莢透く畑に耳も透く
今生を柿のはらから照り合える

『山姿水情』

あとがきには「姿情一如の表現を旨とする思いが高まってきた。作句の積み重ねを通じて、自己が他者において自己を見る、という態度が、多少とも身について来た、ということでもあろうか」とある。「他者において自己を見る」かたちはますます深みを加え、時に、写生の極みを感じるものが見られるようになる。また、用語の然らしむるところか、晩年意識のほのかな揺曳を感じないわけでもない。

『朝空』は昭和五十九年に「現代俳句の一〇〇冊〔17〕」として現代俳句協会から刊行された。この句集は、既刊四句集（『火づくり』『機械』『残山剰水』『山姿水情』）からの抜粋と昭和五十五年以降五十八年までの作品の抄録からなる。未刊部分は「過客」の章にまとめられているが、これは時期的には没後刊行された句集『過客』の初期と重なる。
本集の葦男による解説「朝空に寄せて」は「なにかを創りはじめたときに、そこにもう朝空が広がっている」と始まる。「そんな朝空のありように、自然すら大きな歴史の過程を辿っている」と感じる心境を吐露しつつ、「そこにはかなりの曲折が見られるが、いずれの時期においても、私自身の折々の、こころのすがた、の表現に専念して来た」と作品の在り方を述べている。ここでは「過客」の章からの作品を掲げる。

ぎんなんのさみどりふたつ消さず酌む
いくたびも脚をあやつり田鶴降りる
目の赤の身にゆきわたり白兎
塔沈む杉冷えの夜を翔つために
初凪や十戸十舟江に映り

時折は知的な言葉わざをみせるものの、ふくみをもって平明に、自己を対象の中に解き放った熟成のおもむきが濃い。巻末の解説「『朝空』私見」の中で、大串章は「もちろんこの熟成は、年齢と共に誰にでもやって来るというような性質のものではない。俳句という詩型を真剣に考え、生きるということを真剣なまなざしで見つめて来た人にのみやって来る熟成である」。さらに「俳句が好きでなければ決してやって来ることのなかった熟成」であると見て、桁はずれに俳句好きという特性を強調するが、俳句を論じだすと止まることを知らない日常に照らして、多分当を得た指摘であろう。常に社会的現実とのかかわりを意識し、自分自身を「まぎれもなく世界内存在」と感じる葦男が俳句を通じての輪の広がりとともに、折から増大を続ける俳句の大衆的性格を無視していたとは思われない。熟成が詩的追求とコミュニケーションの可能性の拡大を志向したとしても詩の本質を損なうものではあるまい。

六、『過客』の晩年

七十歳を迎えて、棉花協会相談役・棉花会館代表取締役を辞し（昭和六十一年）一切の職業的な束縛を離れた。運動と称して居住地箕面市内をくまなく散策し、その都度の新しい発見や見聞を博識を交えて語り草にしたものであった。句会、吟行、俳句関係の会合へは在来と変わらず、あるいはそれ以上に几帳面に顔を出していた。一方、趣味というより生活のリズムとなっていた旅行には、西日本が中心であるが、機会を捉えては積極的に参加し、ほとんどの週末は旅に出ていた時期がある。したがって、同じ地域を二度三度訪ねることもしばしばであった。一粒句会の吟行で能登を訪ねた時などは、その前の週にコースは異なっているとはいえ、同一の地域を含む旅行から帰ったばかり、新鮮な話題で座を沸かせたことであった。旅へはご夫人を同道するのが常であったが、ツアー企画に申し込みながら、都合で参加を見合わせた夫人に留守を頼んでその企画に加わることもあったという。気に入っていた近江八幡などは日帰り、泊りを問わず、何年にもわたって年初恒例の旅行先であるばかりでなく、記録に残るだけでも十指に余るほど、健康そのものに見える行動ぶりであった。その都度愛用のカメラに収め、丁寧に整理されたアルバムが専用の書棚にぎっしりと詰まっている。

句集『過客』には、生前、最後の句集となった『朝空』の最終章に掲載されたものを除いて、昭和五十五年以降没年までの作品五百句余りを収録してある。この句集は、没後（平成八年）堀葦男句集刊行委員会の手で刊行された。

かっと鶏頭わが佇つ影の胃のあたり
鴨万羽いま十数羽天に弧を
蝙蝠や入江晩光さめつくし
枇杷照るや天は地よりも乱れつつ
戦争いややな寒の日向の地蔵はん

空間的同時性を強く意識するようになり、表面的には、もののかたちにこだわるように見えるが、理論的基盤はあくまで「かたち」で書く姿勢にある。「朝空」の意味を感受したように、自らの意識を自然にあるものの同一空間に解放している姿と見ることができよう。自分では「授かる」と称してこの感受を大切にしていた。ちなみに、最後（平成五年）の年賀状には「授かりしこの世畏み去年今年」とある。

鰆酒に晩年見ゆる島のごとく
春兆す湖辺やわれらとて漂鳥
浮き葉にとんぼ水にほてりて過客われ
一句とは手中の清水こぼすまじ

造化とともに自在に生きる自分を意識的に相対化した晩年が見える。自らの感覚に対する信頼の確かさ、類型を脱するための徹底した言葉えらびを通じて、形象性の実現を追求する姿勢は生涯変わらなかった。

七、説得力のある理論展開

緻密で説得力のある理論を展開したことが各方面で語り継がれているが、その内容は、端的に「形象表現」あるいは「かたち」で書くと言われることが多い。少々堅苦しいが参考までに雑誌に発表した稿の一部を引用したい。

たとえば、葦男は五七五の三音節の定型詩とする伝統的な俳句観に対して、いわゆる「音律と意味律の二重性」を指摘して、俳句性（俳句の本質）をその特異な文体にあると主張するのであるが、その理論展開（『俳句20章』）は論理的実証的である。

まず、作品例に即して、文章上のくぎり（意味上の切れ、文節）と音韻上のリズム（音節）の違いを明確に区別し、「文節という質的要素と、音節という量的要素、この二つがからみあってはじめて俳句という文体の特性が生みだされる」という。次いで、現代俳句の音節に話を展開する。ここでは、草田男および兜太の作品の音節の構成を五七五、六七五、五八五、八七六などと確認し、その他の作家の音節に及び、「現代俳句の特徴は、第一音節が昔よりいくぶん長く、多彩になったことにある」と見る。さらに、「第二音節が七音で、文字通り中七である場合が圧倒的に多いこと、また、第三音節が原則として中七より短く、五音ないし六音の場合がこれまた圧倒的に多いこと」を実証し、俳句の音節上の特徴を把握する。そして、二音もしくは一音の組合せからなる日本語の中で、七音はもっとも基本的な律調（リズム）であると見ると、五音は抑制された律調と理解されるという視点から、「俳句という詩形式の特徴は、音節から見れば、三音節で、そのうち第二音節が流動型の音節をなし、第三音節は常に抑制型の音節である点にある」とする。

かくして、「俳句は三音節の急停止型の文体」が浮かび上がり、先の「二文節を基本とする奇型な文体」とからんで「必ずしも文節と音節が合致しない文体」という特徴を備えることになると論じる。さらに、「こう考える方が、在来の五七五定型説よりも、実情に即しているばかりでなく、新しい展開を孕む詩形として俳句を考える上からも、適切である」と、自らの立場を明らかにするのである。

一分の隙もないとはいえないとしても、大方の納得を得られる理論展開であり、科学的な立証の形式を踏んでいる。しかも、伝統的な特質を真っ向から否定する姿勢ではなく、それを包み込むかたちで新しい見解に導くところは説得力がある。伝統派にも論客ぶりを讃えられた丹念な論考の片鱗を見る思いがする。さらに、展開には無理がなく、立場を表す独特の概念語も見られない。自ずからある種のバランス感覚が働いている。先天的な資質としての「柔らかい感覚」（金子兜太）はこの側面にも発揮されているようである。

一方、季題へのこだわりを解消しようとする論考では、『古事記』から説き起こす。季の果たした役割を「心情に形象性を与えようとする方法意識」と捉え、単に自然を客観的にゆとりをもって眺めようとする姿勢（態度）ではなく、内部世界の表現であったとする伝承を明らかにする。そして、季語の増大と俳諧の発展に言及しつつ、一度隆盛に寄与した季語が、やがてそれゆえに、俳諧の衰退に一役買うという側面を強調し、季語に縛られることが創作意欲を抑制する結果に至ることを、言葉を尽くして説明する。その上で、「季語はこだわるべきものではなく、意識を形象化する働きに注目すれば、いわゆる季題趣味を廃して、幅広く俳句の領域を拡大すべきである」と説く。ここでも、柔軟な思考性はいかんなく発揮されているが、同時に言葉に対する、また創造的発見に対する造詣の深さを印象づけられる。

以上は、理論というよりも、実作者としての自らの立場を矛盾なく位置づけるための緻密な考証とでもいうべき論であろうが、俳句理論に対してもまた、実作を束縛するものであってはならないとする態度を堅持する。「実作者における詩論というものは、むしろ、しばしば燃焼を助けるための薪木であり、また沈潜をもたらすための錘であります。理論のために実作が殉ずるのは、実作者としてむしろ不本意なことで、絶えず理論から実作がはみ出すほどのエネルギーを示してこそ、強力な作り手といえましょう」と結んで、理論倒れを戒めている。

葦男といえば、形象性の追求である。これまでに発表した諸論を整理・統合した『俳句20章』は、「かたち」で書くことについて三章を当てている。

まず、現代俳句に一時代を画した山口誓子の「写生構成」を取り上げる。徹底的に「もの」によって書くこの方法は「現実を尊重しながら現実を離れる」もので、「現実でない現実を把えることである」と見る。そして、この方法が「現代俳句の骨法」であり、「意識された形象とことば喚起の緊密な連動作用が行われている」ことは確かである。そこで、「かたち」であるが、「われわれは「もの」を書き表すのでなく、こころに浮かび、あるいは感じるものの「かたち」を、ことばを駆使して書き表わすのだ」と解し、「かたち」が必ずしも「もの」すなわち、外物、現実具象、実在物などと同一でないことを強調する。「ことばとなって結像されてくる「かたち」には、現実には存在しないものの「かたち」もあり、個性的に創られた「かたち」もある」のである。現実的な具象を「かたち」とみるリアリズムに対して、兜太の「造形」、葦男の「意識の表現」、兜子の「第三イメージ」、島津亮などの「抽象俳句」などの諸説は、明確な指摘に欠けるところがあったとしても、「個性的に創られる「かたち」を求め、写実風でない「かたち」の表現をめざす諸説であった」と、関西を中心とするいわゆる前衛的な諸説を位置づける。その一方で、「形象表現」の基本となる手法として、「写生」「写生構成」が参考になることは否定しない。むしろ、「形象表現」は「写生構成」の必然的な発展であると、表現を拓く方向性を明確にしている。俳句の伝統を踏まえ、俳句表現の系譜をたどると、自ずから「形象表現」に至ることを、例証し、自らの立場の普遍性を明らかにし、それが俳句を実り多きものにするために希求されるべき世界であることを、無理のないかたちで認識させるべく真正面から取り組んでいる。さらに、「「かたち」で書く「形象表現」の提唱は「もの」で書く「即物表現」の考えを掘り下げたところから出て来た」と同時に、「単に「こと」を述べたり（説明調、叙述体）詠ったり（詠嘆調）する方法を拒否する一面を」伴っていると付け加える。そして、「「かたち」で書くという方法は、もともと「こと」を伝える「ことば」を使って書かれた「かたち」で「こころ」（詩）を伝えるという、一見矛盾した作業」であるとその困難さを指摘するとともに、それが、短詩型文学である俳句の独自性を生むと説く。その上、形象表現の提唱は「かたち」で書くことであり、「かたち」を書くことではないと念を入れることを忘れない。

「形象表現」の考え方は、当時としては、多くの実作者の意識を超えており、まさに革新的な理論と受け止められる状況にあったし、意識ある人たちを激励する効果もあった。これらの論が俳句表現の先端的な仕事として定着しようとする一種の俳句革新の運動の熱気が、存在の正当性を主張した「形象表現」の理論でもあった。現在、俳句人口の増大に伴って、俳句に求めるものはますます多様化している。「形象表現」にこだわる人は必ずしも多数派ではないにしても、一部では、意識の表現は実作上、特別な方法ではなくなっている。

（文中敬称を略しました。ご寛容の程を）

参考文献
安西　篤　昭和四十五年　「解説 堀　葦男 小論」（『堀葦男句集』　海程戦後俳句の会）
大串　章　昭和五十九年　「『朝空』私見」（句集『朝空』解説　現代俳句協会）
金子兜太　昭和三十八年　「堀　葦男――句集『火づくり』にふれて――」（「天狼」二月号）
金子兜太　平成八年　堀葦男句集『過客』の序（『過客』　天満書房）
金子兜太　平成八年　「関西時代の私」（大阪俳句史研究会総会記念講演　六月二十九日　柿衛文庫）

金子兜太　平成八年「私の履歴書」（七月一日〜三十一日　日本経済新聞）
十七音詩の会　昭和三十八年　火づくり特集号（「十七音詩」二五号五月）
妹尾　健　平成八年「堀葦男句集『過客』読後」（「逸」三号　九月）
電通会俳句部　平成五年「一粒」堀葦男追悼号（大阪プリント）
林田紀音夫　昭和三十八年「堀葦男のこと」（新俳句新聞　四月一日）
堀　葦男　昭和三十七年　句集『火づくり』（十七音詩の会）
堀　葦男　昭和五十三年『俳句20章』（海程新社）
堀　葦男　昭和五十五年　句集『機械』（海程新社）
堀　葦男　昭和五十五年　句集『残山剰水』（海程新社）
堀　葦男　昭和五十六年　句集『山姿水情』（海程新社）
堀　葦男　昭和五十九年　句集『朝空』（現代俳句協会）
堀　葦男　昭和五十九年「堀葦男年譜」（句集『朝空』　現代俳句協会）
堀　葦男　昭和五十九年「朝空に寄せて」（句集『朝空』　現代俳句協会）
堀　葦男　平成元年「岡本圭岳」（『大阪の俳人たち1』大阪俳句史研究会編　和泉書院）
堀　葦男　平成八年　句集『過客』（天満書房）
見市六冬　昭和五十九年「句集『朝空』」（読売新聞句集欄　七月二十六日）
山尾玉藻　平成八年「『過客』に思う」（「火星」八月号）
山本千之　平成五年「形象性を追求する詩魂」（「一粒」堀葦男追悼号　電通会俳句部）

山本千之　平成八年　「堀葦男に関するアンケート」（五～八月実施）
山本千之　平成八年　堀葦男句集『過客』「体で近づいた形象」（「現代俳句」八月）
山本千之編平成八年　堀葦男年譜（昭和五十八年～平成五年）大阪俳句史研究会発表
和田悟朗　昭和三八年　「論理性の限界」（「渦」一六号　四月）

（山本千之）

丸山海道

椿落つ天の椿の一つ減り　（『新雪』昭和28年刊）

韋駄天に日輪はなほ雪の宙　（『青嶺』昭和48年刊）

寒雁の列の末尾の母は飢ゑ　（『寒雁』昭和59年刊）

添水闇小石が石に育つ時　（『花洛』平成10年刊）

大雪片いま白鳥になる間際　（平成9年作『丸山海道全句集』平成11年刊）

丸山海道《まるやまかいどう》　本名・尚。大正十三年四月十七日生。平成十一年四月三十日午前九時五十三分没。出生地京都市左京区吉田中大路町八番地。父鈴鹿野風呂、母静枝の次男。出身校京都帝国大学文学部。労働基準局に勤務。環境柄俳句は早くから習い始める。「京鹿子」が昭和二十三年に復刊、主宰野風呂を助け編集を担当。研究会を作り例会を復活、さらに二十九年には新しい投句欄を創設、選者となる。丸山佳子と結婚。丸山姓を継ぐ。第一句集『新雪』は二十八年刊、以後第十一句集『花洛』まで刊行、死後『丸山海道全句集』がまとめられる。四十六年野風呂没後は主宰となり、指導作句に専念、大結社に育て上げる。現代俳句協会副会長。平成九年「野風呂記念館」を建て功績を顕彰するとともに俳句研鑽の場とし、さらには社団法人の認可を得る。これだけの事をなしながら、その途次での急逝となる。対象の本質を追求する態度を持ち続け理論構築をするが抒情性を根底に秘めた作風を貫く。

一、前章——鈴鹿野風呂と丸山佳子

丸山海道を語る前に、二人の人物を語らなければならない。前章とする。

鈴鹿野風呂は「大阪の俳人たち 1」をご覧いただければよいが、昭和期の京都ホトトギスの重鎮的存在であった。海道は野風呂の次男である。野風呂は海道第一句集『新雪』の序に次のように書く。

海道は他の兄弟の如く門前の小僧で、幼い時より俳句に指をそめた。「ホトトギス」にも八才位から登録せられて居る。

鈴鹿家に大正十三年四月十七日、尚として誕生。ちなみに姉・兄、弟二人だから、五人兄弟の真ん中に生まれたが、その時点から宿命を背負っていたことになる。

丸山佳子は明治四十一年一月十日、奈良県添上郡月ケ瀬村石打に生まれる。本名はハツ子。長女であり養子をとらなければならないような立場にあったが、尼の占いが次のように出たという。京の御所の近くにしか住めない方だと。母はたいへん怒り、他の所でもということになったが、やはり同じような宣告が出た。やがて、上洛、堀川近くに住み裁縫を学ぶ。そして昭和御大典時の衣装作りに加わり、習得の技を発揮した。東郷さんの袴もその一つだったと聞く。ちなみに佳子第一句集は『緋衣』である。後も宮内庁とか海軍省関係の仕事をしていることにも拘わる。いずれにせよ、裁縫ではりっぱな仕事をした。

そんな中で、俳句を嗜む。当時としては女流俳人は珍しく、ホトトギスの句会や京大会館での句会などで皆に大切にされ、かわいがられたのであるが、特に昭和十九年の鈴鹿野風呂との出会いは感動的であり、以後親しい月日が続く。

『緋衣』の序に野風呂は次のように書く。

佳子さんとは俳交十年になんなんとするが、相会うたはじめより、詩想豊かの人であると思ひ、他日大成せらるる日あるを信じて疑はなかつた。

ひたむきの直ぐなる心（中略）神を信じ、仏に帰依する純真なる信仰、わけても鞍馬山には月詣りして法悦に浸らるると聞く。（中略）かうしたことに依つて身につけられた法力といふか、神通力といふか、それが専門とせらるる裁縫の上にもあらはれて、一日一夜のうちに凡婦の想像も及ぼぬ仕事を質に於ても量に於てもなさるるのである。かつてさる上臈の結婚衣裳の君が手になるのを見せて貰つたことがある。整然として一糸もゆるがせにせぬ美々しきもので、衣裳そのものが芸術品であるやうなおごそかな気分になつた。句集に「緋衣」とはいしくも名づけられたものかなと思ふ。

戦後二十三年「京鹿子」が復刊、直ちに参加、ひたすら野風呂に俳句を学ぶ。そして父野風呂を編集長として助ける鈴鹿海道との巡り会いがあったのである。

二、生い立ち

鈴鹿家は吉田神社の社家として、左京区吉田中大路町にある。吉田山の西麓に当たる。父野風呂、母静枝の次男として生まれ、尚と命名される。負けぬ気の強い子として育ったようである。

野風呂が大正九年十一月に、日野草城らとともに「京鹿子」を自宅を編集所として創刊、ために学生だった草城や、若き山口誓子・長谷川素逝らが日夜訪れて俳句に俳論ににぎやかなことであった。そんな中、門前の小僧として俳句になじんでいったのである。

尚は近くの錦林小学校を出、同志社中学を経て京都帝国大学を卒業するが、大学在学中にいろいろ俳句ともかかわる。卒業論文は小林一茶の研究。卒業後、新聞記者か雑誌記者を希望したらしいが、労働基準局に就職する。

二十三年一月「京鹿子」が復刊、野風呂主宰を助け編集長として活躍しはじめる。時に二十四歳。

父野風呂の本名は登。叔父が伊勢街道を登りお参りし帰って来た時に誕生したことによる命名、それをドラム缶風呂を楽しんだ経験に基づき雅号にしたとか。尚は鈴鹿街道をもじって「海道」を雅号とする。

三、『新雪』まで

『新雪』の野風呂の序に次のようにある。

幼少の頃より他の子より綿密な頭脳の持主であったから編輯もきびきびとして正確である。京鹿子は草城・播水・北人・桐蔭・青纓・素逝・私など編輯はめぐりめぐつて来たが、海道はたしかに異色である。

大いに好きな道だったので、勤務との掛け持ちで大変だったが、力を発揮し、結社の運営面でも二十四年には、研究会湧泉会を興し、二十五年には例会を復活させ研鑽の場を設定、早々とその成果を合同句集『星図』にまとめる。また二十六年度は誌上に小林一茶の俳句観を連載、大学卒業論文テーマを発展させているが、若々しい海道の活躍ぶりが窺える。

二十八年一月第一句集『新雪』が京鹿子文庫第二一篇として発行される。

椿落つ天の椿の一つ減り
ヴィナスの手して捧ぐる春没日

「二十代にピリオットを打つ記念」の句集と位置付けるが、まさに俳句青春の作品群であり、みずみずしさは隅々にまであふれた。「椿落つ」は、後俳句理論として「実相」を説くが、そのきざしをこれに見出す。すなわち、椿が落ちる。当然一つの椿が減る。この目前の姿から「天の椿」へ詩的に広がりながら、根源的な実相へと迫っていることに気付いたからである。作当時はそんな理論には立っていなかったから無意識的にそんな境地を詠っていたのである。

海道俳句の根底に一貫しているのは、詩性である。「椿落つ」のロマン性は生涯枯れることなく、ポエムの泉として彩ることになる。

二十九年五月十八日、丸山佳子と結婚、丸山姓を継ぐ。たいへん年齢が離れていることもあり、佳子は申し込みを断ろうとして野風呂に会うが、佳子の人間を愛し、また海道の思いを理解することを告げ、話はまとまったと聞く。

四、『獣神』のころ

第二句集『獣神』が昭和三十三年に出るが、それらの作品ができるのに、三つの象徴的なことを書く。

その一つは「京鹿子」昭和二十九年二月号から海道選による選句欄「青嶺集」を設けたこと。野風呂選による「神麓集」と二本立になる。入門欄というのがはじめの歌い文句だったが、若手らが集まりたちまちのうちに力を増し、草城をして「京鹿子の前衛」とまで言わしめるほどになる。私も最初から投句し、やがてはこちらのみに決めて、指導を受けた。

その二つは二十九年に行われた北海道吟旅である。

『新雪』で展開された二十代でのみずみずしいロマン、青春性などを、どう越えようかという意気込みを持ち、参加するのである。

抱擁のシネマビラ剝ぐ霧人の爪

はそのひとつの試みとしての収穫作品であった。

もう一つは三十年に「京鹿子」に発表した「東京八景」である。

浮浪児へ夜の蓮が脱ぐ衣一まい

などを並べるが、その時にメモを載せる。
「京鹿子」に二人の野風呂は必要でない
私は日進月歩の気持で作品を律して行きたい
など、海道として進む道を宣言する。すなわち、「青嶺集」での指導ぶり、北海道吟旅で試み、「東京八景」でまとめた象徴的ロマンチシズム路線。

基礎技術の修得、自己のみつめ方、俳句というものの追究を学んだ上での、将来への方向づけと考えてよく、また「京鹿子」の創刊精神の「自由無礙」と野風呂の広大な抱擁力によって、海道の闊達な詩精神が『獣神』という句集名にまさしく象徴されているのである。

五、「京鹿子」継承

昭和四十六年三月、父野風呂の死去に遭う。脳溢血で倒れる直前、野風呂から「お前に京鹿子を譲るがしんどいよ、やるか」と言われたこと、

虫干や我が魂削る京鹿子　　野風呂

この本音の一句とが胸にしみついていると、六五〇号記念京鹿子祭の席上で述べている。

亡父の荷を背負ふ夜明けのつばくらめ

はその京鹿子継承の思いである。

ちなみに継承時の投句者は六百人ほどであった。以後、俳句教室システムを取り入れるなど日夜時間を惜しまない指導ぶり、また佳子夫人の献身的な努力もあって、今日の隆盛をもたらしたのだが、負けん気が強い力となったのであろう。きびしい面もあったが、温和な笑顔・公平な面が慕われる大きな要素だったと思っている。

六、作句理論指導理論について

主宰継承後の昭和五十年代の活躍を少しまとめておく。

四十九年、第三句集『青嶺』刊。京都新聞に「俳句をつくる心」連載。五十五十歳の時のこと。五十三年、第四句集『露千万』刊。五十七年、第五句集『芭蕉曼荼羅』刊。五十八年、『太白』刊。ひたすら実作を掲げながら、この約十年間取り組んで体系づけたのが「実相理論」である。

俳句の目的は真善美である、と説くことから始まるが、少し箇条書に抽出しておく。

いつ、どこでもその状態として現れてくる現象、その現象のほかに必ず同質の他の現象を言外に包蔵している相を兼ねる現象が「実相」。

当然、実相とかかわりのない詩性の広がりや表現のテクニックで、実相の枠内における優劣が決まる。すなわち、一句の中に一本の筋金（実相）が通り、あとの肉付け、整形の作業は作家のそれぞれの練達術を駆使することになる。

実相は、万古不易の真理真相の内容であるために永遠性を持つ作品を生む理論として非常に優れている。

なお、具体的方法として、分析・観察・現象の連想性・虚構・省略などを説き、それらを率先して作品化したのが、立て続けの句集刊行でもあった。そして、五十九年刊の第七句集『寒雁』は実相理論実践の集大成の一冊と言ってよい。

五十九年北海道吟旅の一作

木むくろを木の魂捨てし夏が逝く

は分析的意識の上に成ったもの。野付半島トドワラに立った時、すべての夾雑物を捨てた観察、「むくろ」と「魂」の分析などと詩想との相克の間に生まれた、と聞く。

続いて、「遊行理論」の構築に入っていく。

遊行は宇宙広漠に万象の生命と共に遊ぶ洒脱さを必要とするもの。とでも、定義できる。

実相が本質へ求心的に迫る方向であったので、その実相を核としての同心円的広がりの磁場に、遊行が成り立つ。

みなもとは雪まみれなる尉と姥

「みなもと」の実相把握の上に立つ遊行の、はじめに当たる作品の一つと考えている。

七、語録など

「京鹿子」創刊以来の旗印は「自由無礙」、個人の自由な作句活動の場を提供することである。海道は指導理論を掲げはしたが、伝統の立場に立ち、次のようにも言っている。

有季定型を守る。有季定型である限り京鹿子の範疇に入らぬ句は一句もない。

秀句への道は東山三十六峰にそれぞれの登山道がある如く、どの峰を目指してもよいが、方法論が確立されている道がより登り易い。

俳句の峰は遊行、実相、象徴、抒情、写生、超現実など種々である。

俳句表現についての発言から。

俳句の「見るだけ」の世界は耕し過ぎ肥大化して活性が衰弱した。心の投入が自然の成り行きである。

俳句は氷山の一角で、海面下に隠れた部分が大きいことが秀句の条件。批評はその潜んでいる部分を掘り出すことである。

抽象的な言語表現だけでは弱い。具体的な言葉を入れると句にインパクトを与える。

自然を踏まえた季語を守るのは、風土や生活を守る積極的な意識の中でとらえなければならず、実感を大切にする。

句は内面が深化すれば、表現は優しく描写することで足りる。

「内蔵の豊かなる句」が口癖だった。

八、俳句作品史的に

前出した作品も、流れの関係からここに再録する場合もある。

『新雪』

椿落つ天の椿の一つ減り

初期の代表作であるとともに、生涯の指針ともなった作品で、自讃句の一つでもあった。野風呂はホトトギス同人であり、その門前の小僧的に育った関係から、海道俳句の一つの根底には写生精神があった。そしてもう一つの根底には抒情精神があったことに、大きな特色を見出す。この二つがすでに色濃くこの作品に窺われる。

『獣神』

抱擁のシネマビラ剝ぐ霧人の爪

釧路での収穫作品。象徴性が加味されてゆくきっかけになり、擬人化も駆使してのもの。抒情性はいうまでもない。

『青嶺』

韋駄天に日輪はなほ雪の宙

韋駄天像を見ての作品であるが、眼前の写生に終わらないで、詩精神を発揮して、自由に想像をたくましく発揮してのもの。後の理論形成に向かっての試走時の一里塚であるといえる。

平らなる石畳先づ露を消す　　『青嶺』

「平らなもの、硬質なものは乾きが早いという実相」と自解している。

翅振って夜のあやめに来し白さ　　『露千万』

対象の一つの特色を把握して表現する技法の窺われる作品。「生くる黒翔ちし深雪の家に暁け」など『青嶺』からの発展だが、これらの分析的な表現は、「実相理論」の一方法である。すなわち、「そのもの・具体的な一つの対象」でなく「翅・白を持つもの」と昇華されるということ。

亡父の荷を背負ふ夜明けのつばくらめ　　『露千万』

昭和四十六年、父野風呂死去。主宰として後を継ぐ。その時会員は六百人程度であったが、それを三千人に増やした努力は語り草になる。その方法は句会方式より俳句教室方式で、きめこまかい指導方法を採用したためである。

紙雛に目鼻は重きゆゑ画かず　『太白』

想像を託すことにより、一段と美的に表現する。

木むくろを木の魂捨てし夏が逝く　『寒雁』

「実相理論」は実直で心眼を研ぎ澄ませて万象に迫り、そのものだけではなくすべてに発展してゆくような実相を把握する、ということ。野付半島トドワラでの収穫作品である。

蟬穴に自刃の地底まくらがり　『寒雁』

歴史になみならぬ興味を持ち、いろいろな所を訪ねて、作品をものにしている。印象に残るものも多いが、これなどもその一例であり、天目山での収穫作品である。

雪来ると雁の尾羽また白くせり　『寒雁』

寒雁の列の末尾の母は飢ゑ
かはたれに雁の落せし一羽鋭し
朱玉の目ふたつに泪はぐれ雁
はぐれ雁木も夕雲も記憶なし
寒雁の嘴なにも得ず紅く透く

句集「あとがき」に次のように書く。

結社の只中に在って多くの人々と日常接触しながら、或る時は無性に孤独を求めている。そしてその時は、自身の内なる命を対象の中に激しく追い求めている確かな姿があることを知る。寒雁は多分、その姿の表れなのである。

この一連は五十三年作品であるが、『寒雁』が編纂され、「あとがき」を書いたのは、五十九年である。六十歳、主宰を継承して十年あまり、もっとも脂がのっていたころの感慨である。当時から、印象に残っている一連である。

主宰の感慨。いまさらに継承しての自分にもしみじみとにじみ込むものがある。

み吉野や舞姫捕ふれば花一片　『風媒花』

これも歴史ものの一例。美しい絵巻物でもある。

みなもとは雪まみれなる尉と姥　　　　『風媒花』

海道のもう一つの俳句理論に「遊行理論」がある。心情・表現の自由無礙といってよい。源は、豊かな雪、そして人生の豊かな象徴といってよい尉と姥が存在することで、永遠の供給源である、とまさしく自由無礙に詠いきるのである。写生・抒情の合一性発展の成果とも考える。

流星の尾をつかみしは鬼子かな　　　　『遊行』

自由無礙に想像を遊ばせた一句である。鬼子が得意気にぽろっと舌でも出しているような楽しさもあり、印象に残る作品である。

「あとがき」に

宇宙広漠に万象の生命と共に遊ぶ洒脱さ
心を自在に宇宙の調律に合わせて遊飛し、怡楽するとも書いている。

添水闇小石が石に育つとき　　『花洛』

丸山家菩提寺は京都泉涌寺の一坊新善光寺であるが、その境内に建つ、丸山佳子との夫婦句碑の一句。私は代表句の一つと考えている。添水の音の微妙なずれが、突然変異的の時間を生むと把握した、奥深いものを示している。

近松忌按摩のそこが悲鳴壺　　（平成四年）

「十二音説」という提言があり、次のように述べる。

按摩を取った経験のある人は、壺を押さえられた痛みに快感が走ると思いますが、これが実相の十二音であり、事実この句は、十二音が先に出来た句で、近松忌の季題は拾い出したものであります。十二音を作り出せば、句は八九割方完成いたします。

ここで言いたいことは「近松忌」を拾い出したと言うが、これがまた作品に幅を与え、深さを与えている。この方法論が「遊行理論」を強化させたと考えている。

懐手山河どこへも行かぬかな　（平成六年）

ふところのような句に会うと、まさしくゆうゆうと遊ぶ心に出会う思い。

夜泣そばあれはやっぱり朧人形　（平成七年）

夜に仕事をしたので、ふと聞こえてきた夜泣そばのチャルメラからの連想であろうが、闇の持つものへの一つの迫り方である。

九、終わりに

平成六年四月同人会で新関一杜と私を副主宰に指名した。私には何の相談もなかった。理由は会員の増加・仕事の増加、そして健康上の問題もあり、迷惑をかけたくないということだった。「京鹿子」の発行が少し遅れ気味でもあった。そのころから何か不調不安を感じはじめていたのか、八年五月号編集後記には「自律神経失調にあり、長年のストレスの蓄積と睡眠不足」によると書く。九年六月には下痢が止まらないなどで検査入院、八月大腸癌及び胃の手術。

大雪片いま白鳥になる間際

の「病床呻吟」の一句があるが、海道よみがえりの自画像と評してよい。負けん気がここでも出たのであろう、十年一月奇跡的に回復、退院。

松蟬や奈落の天は平らなり

なにか心の底の景色でもあったのか。夏の吟旅では、しまなみ海道を訪ね、大三島大山祇神社では、

楠五月股間に朱けの巫女を生み

と元気なところを見せた。しかし、側に見るものには痛々しさがあった。

十一年三月再発のため入院。

野遊びの白馬に遭へり明日晴れむ

の作などは、回復して再び陣頭に立つ思いからのものであろうが、治療のかいなく四月三十日午前九時五十三分京都第二赤十字病院で癌性腹膜炎のため永眠。享年七十五歳。

五月二日野風呂記念館にて密葬、二十一日京鹿子葬を岡崎別院で行う。

戒名は浄香院海道宗句大居士。墓は京都市東山区泉涌寺新善光寺にある。

緋のこゑは火よりも高し零下なる

を枕辺の句帖に見付け遺句とする。

なにかきびしい環境の中に、情熱のようなものがひしひしと感じられる。永遠の、俳句への挑戦状であろうか。

十、野風呂記念館について

鈴鹿家は吉田神社社家として吉田界隈に広い土地を持つが、野風呂所有のものも広いものがある。門構えに土塀という格式のあるものであったが、それらを全面的に建て替え、地下一階地上二階の建物とする。

書庫には野風呂、海道をはじめとする多くの蔵書を収蔵。なかには伝来の『古事記』写本もある。収蔵品としては、野風呂は一茶の収集家としても知られるところから、一茶や蕪村、大正昭和の俳人の遺墨も多くある。資料の貸し出し、閲覧、展示を行っている。

句会や講義の部屋が四室あるので、句会、文化活動や公民館的活動などに使用している。この運営に当たるため、社団法人の認可を得ている。

電話は075—752—1617

これを残した海道に応えるのは大いなる活用にある。

著書

個人句集

『新雪』	京鹿子文庫第二一篇	昭和二十八年
『獣神』	京鹿子文庫第三二篇	昭和三十三年
『青嶺』	牧羊社	昭和四十八年
『露千万』	京鹿子叢書第七〇篇	昭和五十三年
『芭蕉曼荼羅』	京鹿子叢書第一〇〇篇	昭和五十七年
『太白』	現代俳句の一〇〇冊一五	昭和五十八年
『寒雁』	京鹿子叢書第一一八篇	昭和五十九年

『天弦』　京鹿子叢書第一二三篇　昭和六十年
『風煤花』　京鹿子叢書第一七〇篇　平成三年
『遊行』　京鹿子叢書第一八〇篇　平成五年
『花洛』　角川書店　平成十年
『丸山海道全句集』　東京四季出版　平成十一年
合同句集
『星図』　鈴鹿海道編　昭和二十五年
選集
『京鹿子歳時記』　京鹿子社　昭和四十五年
『京鹿子歳時記第二版』　京鹿子叢書第九〇篇　昭和五十六年
著作
『現代俳句鑑賞全集』　丸山海道篇　東京四季出版　平成十年

（豊田都峰）

執筆者紹介

松岡ひでたか（まつおか・ひでたか）
昭和二十四年兵庫県生まれ。「蕗」会員。椰子会同人。句集に『磐石』『光』など。著書に『竹久夢二の俳句』（第十一回俳人協会評論新人賞受賞）『近藤純悟と俳句』『金子せん女素描』など。兵庫県神崎郡に住む。

北原洋一郎（きたはら・よういちろう）
昭和七年兵庫県高砂市生まれ。洲本高校卒。岩野泡鳴をはじめとする淡路島出身の文学者の伝記研究を細々と続けて今日に至る。同人詩「文芸淡路」編集長を経て、現在「古典文学に親しむ会」代表。兵庫県南あわじ市に住む。

和田克司（わだ・かつし）
昭和十三年松山市生まれ。京都大学文学部卒業、大阪大学大学院修了。増進会出版社『子規選集』編集。うち「子規の手紙」「子規の一生」「子規と静岡」執筆担当。他に『大谷是空「浪速雑記」』（和泉書院）など。京都府向日市に住む。

わたなべじゅんこ
昭和四十一年神戸市生まれ。句集に『鳥になる』。「大阪俳句史研究会」「船団の会」会員。甲南大学非常勤講師（日本近代文学専攻）。神戸市北区に住む。

四ツ谷　龍（よつや・りゅう）
昭和三十三年札幌市生まれ。昭和四十九年〜六十一年、「鷹」に投句。昭和六十二年、冬野虹との二人誌「むしめがね」を創刊。句集『慈愛』など。東京都に住む。

安部和子（あべ・かずこ）
大分市生まれ。「雨月」編集同人。俳人協会幹事。日本伝統俳句協会会員。大阪府高槻市に住む。

山本千之（やまもと・せんし）
昭和四年愛知県豊橋市生まれ。名古屋大学大学院修了。電通を経て姫路独協大学教授。「渦」同人などを経て、現在は同人誌「一粒」代表、関西大学非常勤講師。大阪府箕面市に住む。

豊田都峰（とよだ・とほう）
昭和六年京都生まれ。立命館大学卒。京都府立高校教員を歴任。「京鹿子」編集長を経て平成十一年から主宰。句集に『野の唄』『雲の唄』など。京都市に住む。

大阪の俳人たち　6　　　　**上方文庫　29**

2005年 6 月25日　初版第一刷発行©

著　者　松岡ひでたか ほか

編　集　大阪俳句史研究会（代表理事　茨木和生）

発行者　廣橋研三

発行所　和泉書院

〒543-0002　大阪市天王寺区上汐5－3－8

電　話　06-6771-1467 ／ 振　替　00970-8-15043

印 刷 ／ 製 本　　株 式 会 社 シ ナ ノ

ISBN4-7576-0326-6 C1395　　　定価はカバーに表示

大阪俳句史研究会編

対象俳人をもっともよく知る執筆者が、新資料やエピソードを豊富に用いて、大阪で活躍した俳人たちの《人と作品》を浮き彫りにする。

大阪の俳人たち 1

上方文庫 9

■四六上製・二六四頁・定価一九〇〇円

刊行に際して（後藤比奈夫）、**芦田秋窓**（安達しげを）、**岡本圭岳**（堀葦男）、**鈴鹿野風呂**（豊田都峰）、**中村若沙**（高木石子）、**後藤夜半**（後藤比奈夫）、**五十嵐播水**（西田浩洋）、**阿波野青畝**（森田峠）、**西東三鬼**（鈴木六林男）、**高浜年尾**（桑田青虎）、**日野草城**（桂信子）

大阪の俳人たち 2

上方文庫12

■四六上製・二二六頁・定価二二六六円

序（和田悟朗）、**松瀬青々**（茨木和生）、**大谷句仏**（妹尾健）、**青木月斗**（角光雄）、**岡本松濱**（岡本春人）、**高田蝶衣**（北原洋一郎）、**青木此君楼**（井関冬人）、**永尾宋斤**（岡本香石）、**山口誓子**（松井利彦）、**田畑美穂女**（坪内稔典）、**片山桃史**（宇多喜代子）

大阪の俳人たち 3

上方文庫14

■四六上製・二四八頁・定価二二六六円

序（森田峠）、**森川暁水**（松崎豊）、**下村槐太**（金子明彦）、**田村木国**（田村松雄）、**岡田柿衛**（岡田麗）、**永田耕衣**（金子晉）、**橋閒石**（和田悟朗）、**本田一杉**（本田泰三）、**山口草堂**（山上樹実雄）、**右城暮石**（茨木和生）

大阪の俳人たち 4

上方文庫15

■四六上製・二五四頁・定価二六二五円

序（千原草之）、**野村泊月**（山田弘子）、**永田青嵐**（北原洋一郎）、**榎本冬一郎**（藤井冨美子）、**赤松柳史**（竹中碧水史）、**三好潤子**（嶋杏林子）、**楠本憲吉**（廣嶋美恵子）、**下村非文**（三村純也）、**長谷川素逝**（豊田都峰）、**大橋櫻坡子**（大橋敦子）

大阪の俳人たち 5

上方文庫18

■四六上製・一九二頁・定価二一〇〇円

序（森田峠）、**田中王城**（田中玉夫）、**西山泊雲**（山田弘子）、**石橋秀野**（西田もとつぐ）、**京極杞陽**（千原叡子）、**赤尾兜子**（和田悟朗）、**千原草之**（岩垣子鹿）